U0134332

搜神記

馮唐

授诀

釋文

生而為人用好肉身
此具肉身包括靈魂
肉交神交度己度人
酒足飯飽關機睡覺

或在地上或居空，

常於人世起慈心，

晝夜自身依法住。

——《普遍光明大隨求陀羅尼經 · 天龍八部讚》

目錄

自序：應云何住，云何降伏其心

1

致瘋子們

那些格格不入者

那些叛逆者

那些麻煩製造者

那些方孔裏的圓釘

那些另眼看世界者

他們不喜成規

他們不敬現狀

你可以引用他們、否定他們、誇獎他們、詬病他們

但是你無法忽略他們

因為他們改變事物

因為他們推進人類向前

或許有人把他們當成瘋子

我們視他們為天才

因為人只有瘋到認為自己可以改變世界

才是最終改變世界的人

——Chapter 25 THINK DIFFERENT: Here's to the Crazy Ones

2

看各地墓葬，哪怕是蕞爾小國的曾侯乙，都拚命給自己造老大的陵墓、拚命往陵墓裏塞東西。到了後世，這些東西被挖出來，用文物販子的詞彙形容，都是「一坑一坑的」。

人是有多不想死啊？人是有多戀物啊？

看《二十四史》，即使是在東晉十六國、五代十國等等著名的亂世，一撥兒又一撥兒的武將文臣似乎毫無風險意識地出人頭地，「男子不能流芳百世，亦當遺臭萬年！」說這句話的大將軍桓溫在世時呼風喚雨，差點被禪讓，但是死去一千六百多年後，一千個人裏知道他的不會多於一個人。

人是有多想牛屄啊？人是有多想不朽啊？

2011 年 3 月 23 日，江西文物部門接到群眾舉報，在南昌市新建縣大塘坪鄉觀西村老裘村民小組東北約 500 米的墎墩山上，一座古代墓葬遭到盜掘。經過五年的搶救性挖掘，挖出文物約萬件，出土了大量帶有「海」、「昌邑」、「海昏侯」等字樣的漆器、青銅器、印章和木牘，特別是內棺中提取了標注有「劉賀」兩字的玉印，所有信息提示，墓主人就是西漢第一代海昏侯劉賀。

羅袂兮無聲，

玉墀兮塵生。

虛房冷而寂寞，

落葉依於重扃。

望彼美之女兮，

安得感余心之未寧？

——漢武帝劉徹《落葉哀蟬曲》

在我心目中，劉徹這首情詩寫得比絕大多數真假六世達賴喇嘛倉央嘉措的情詩要好很多，很好地表達了恆古以來男人對於某類女人的思念，儘管我不知道詩裏思念的那個女人長得甚麼樣，但是我知道她一定美得迷死人不償命。劉徹和他在這首詩中思念的大美人李夫人生了劉髆，劉髆生了劉賀，劉賀是劉徹的孫子。

海昏侯劉賀的獨特之處在於五歲為王，十九歲為帝，二十七天後被廢，被幽禁十一年，三十歲時被封為侯。《漢書》記載，這個熊孩子在為帝的二十七天裏做了一千一百二十七件荒唐事，就算二十七天裏完全不合眼，平均一個小時幹一點七件荒唐事。這些荒唐事包括：到處亂跑、開快車、半天能跑二百里地，求購長鳴雞，向長安奔喪途中私載婦女，到了長安城郭門和城門不哭，進了未央宮之後淫戲無度，喝很多酒，招貓逗狗鬥虎鬥豹等等。

出土文物的級別跨度極大，有些極其精美，有些明顯糊弄，從帝王級到侯級都有明確的典型器物。這從另一個側面見證了劉賀起起伏伏的一生。

3

2012 年，某日，我問羅永浩，為甚麼要做手機？

羅永浩反問，如今你每天摸哪件事物最多？我要改變那個事物，我就要改變那個事物。

那次聊天之後，我第一次認真審視周圍的現世，現世似乎已經大變。

我在網上買衣服多於在實體商店了。

我叫外賣多於在煎餅攤前等了。

我堅持在住的地方不裝電視、不裝網絡，儘管我也不清楚為甚麼要堅持。我最引以為傲的倒頭就睡黑甜覺兒的能力竟然也受到了手機的衝擊，我在公元 2017 年的夏天再次啓動我兇殘的意志力，爭取形成一個習慣：廁上、枕上、馬上，不看手機；再加上，聚會酒肉聊天時，不看手機。這個看似簡單的習慣，我估計，一千個人裏能做到的不超過一個人。

我在智能手機上下載了程維和柳青出生入死和舊勢力殊死搏鬥而長成了的滴滴，再不用在路邊揚手召喚出租車並和出租車司機四目相對了。我還打算試試共享單車。我喜歡共享單車漫天遍野的黃色，讓我想起二十多年前北京漫天遍野的麵的。

私營書商很多倒閉了，剩下的基本都被抓了，沒被抓的有數的幾個都在積極排隊上市以及涉足影視、網劇和遊戲。我問做過多年時尚雜誌的徐巍，紙質雜誌還有戲嗎？徐巍説，怎麼可能還有戲，你看路邊報刊亭還有幾個？

路邊報刊亭倒是還剩幾個，一大半空間在賣飲料、零食、多肉植物。我買了一塊烤白薯，零錢不夠，報刊亭主説，可以微信支付或者支付寶。

4

2017 年 7 月 13 日，美國 FDA 腫瘤藥物專家以十票贊成、零票反對的結果支持諾華製藥的 CAR-T 細胞免疫療法上市，用於治療兒童和青少年急性淋巴性白血病。治療的原理並不複雜：從癌症病人身上獲取免疫 T 細胞；用基因工程技術給這些 T 細胞加上一個能識別腫瘤細胞並激活 T 細胞的嵌合抗體，使得這些 T 細胞變成能發動自殺性襲擊的 T 細胞；體外培養，大量擴增這些 CAR-T 細胞；輸回病人體內；嚴密監控免疫治療的副作用，抑制細胞因子風暴。

楊先達說，癌症在迅速變成一種常見病、慢性病和可治癒疾病。

楊先達是我在協和的大師兄，對於女人的審美常年和我高度一致，他在上個世紀八十年代就在 Science 雜誌上發表了用計算機模擬人類神經網絡的文章。在我認識的活人裏，楊大師兄是獲得學位最多的人。我問他，這個事實說明你是特別聰明還是特別愚鈍？楊大師兄反問，師弟你寫了這麼多關於人性的書，你是活明白了還是一直明白不了？

在夕照寺，在四下無人的一個短暫的下午，楊大師兄和我說，他發明了一種絕對有效的癌症疫苗，對於沒得癌症的人效果絕佳，對於已經得了癌症的人也相當有效，但是這個疫苗一定通不過國內的法律法規。楊大師兄還和我說，他已經給自己打了，問我要不要打？而且可以打折。我問，疼嗎？他說，有十五分鐘類似於被大馬蜂螫了一樣的疼痛，然後就沒事兒了。

二十年前，我畢業論文探討的是卵巢癌的腫瘤發生學，正是因為覺得癌症調控之下死亡無法避免，才沒繼續做醫生，二十年後，似乎各種跡象表明癌症可以被治癒。

問題來了。如果癌症能被治癒，人類就向永生邁進了一大步，那退休制度該怎麼調整？婚姻制度該怎麼調整？更大範圍的人生觀、世界觀、價值觀該怎麼調整？房價該怎麼變？古董價格呢？

2000 年面試麥肯錫的最後一道題是：如果出現一種技術，能夠把原油從地底下零成本移到地面上來，這種技術的發明者把這種技術無償公之於眾，我們的世界將如何改變？

2017 年面試試題可以改成：如果 2030 年，人類實現永生以及無技術障礙任意編輯受精卵，我們的世界將如何改變？

5

2014 年，我搬離深圳，離開深圳三年之後，因為各種原因又要常去深圳。我忽然發現，一個地方，只要靠近海洋、建個機場、給個三十年穩定的好政策，就會變成一個異常豐腴的好地方。土地有時候和人類一樣健忘，有時候比人類更有生命力。

如果想在中國找一個城市設總部，想把東西賣到世界各地，那個城市一定是深圳，不是上海。上海是外國人把東西賣到中國各地的城市。

我在深圳的最東邊參加一個國際基因組大會，組織機構的首席科學家和創始人之一楊煥明老師是我在醫學院上學時的遺傳學教授，而做具體項目的負責人每個都比我年輕很多。

基因解讀的項目負責人説，要把大數據的思維用在醫療上——很多病不知道深層原因只是因為積累的數據不夠多，如果有足夠多的錢去採集足夠多的關聯性很強的數據，以十萬、百萬計的樣本量就能揭示很多病因的秘密。統計學的各種工具我們早就有了，就是沒有足夠多的數據，現在，全基因組測序的成本不到一百美金，將來可能變得更低，把全部冰島的人口都測一遍也花不了多少錢。基因編輯的項目負責人說，如果知道了病因的秘密，在我們都看得到的將來，通過基因調控很可能根治這些疾病。

我一邊替病人開心，一邊跳出來想，自然的調節能力在人類面前完全喪失之後，世界會是甚麼樣？

晚上吃飯，遇到十多個常在深圳的富二代，俊男靚女，彬彬有禮，有胸有腦，懂酒懂金融，似乎沒有一個有海昏侯的潛質。我一邊替他們父母開心，一邊跳出來想，如果百年內不革命，普通年輕人怎麼和他們競爭呢？再加上基因編輯技術，普通年輕人的下一代怎麼和他們的下一代競爭呢？

6

2017 年，某日，小蔣在灣區蘋果總部的食堂請我吃飯，除了食堂裏有的，還給我帶了蘋果總部附近小店賣的陝西肉夾饃。我們成了在蘋果食堂裏吃肉夾饃的唯一一桌。

硅谷裏的蘋果食堂和大城市核心區的蘋果展示店，應該是一個設計團隊做的：玻璃、水泥、挑空，盡量少的色彩。

小蔣啃着肉夾饃說：「如果有足夠多的數據，你的手機比你更懂你自己，比你心思最縝密的女朋友更懂你自己。未來的手機就是一個數據收集器，你怎麼拿手機、手指用甚麼力度和頻率碰了屏幕甚麼地方停留了多久碰的甚麼內容、你的心跳變化、你的眼球運動、你的表情變化等等，都會被記錄下來，然後被存儲、被分析、被綜合、被解讀、被利用。蘋果手錶以及以後的可穿戴設備、可植入人體設備（腦機接口也離實用階段沒幾年了）、智能家電、智能汽車都是數據收集器。喬布斯在死前似乎悟到了一件事，我來替他說一下哈，恆河沙就是數據，無盡的數據就是大千世界，對無盡數據的有效分析就是道。以後類似我們蘋果公司這類偉大的公司就是佛一樣的存在。」

我說：「那 iCloud 為甚麼不免費無限量提供？明顯犯了和微軟 Office 軟件不免費類似的錯誤。因小失大。另外，如果深度思考，怎麼能確定蘋果這類公司是佛不是魔？你知道嗎，我現在幾乎看不到新聞了，我看到的都是新聞 APP 認為我想看的，比如我手欠點了一下蘭博基尼的視頻，之後總是出現超跑的內容，我點了一下楊冪，之後總是楊冪到底有沒有離婚。我去，一個新聞 APP，這麼順着我有甚麼意思啊？你想想哈，之後的世界，除了《人民日報》和 CCTV，就是一群順着我的阿諛奉承類 APP、總想從我這裏掏走錢或時間的奸詐小人類 APP，這是一個甚麼樣的世界啊？如果我使用手機的數據經分析得出結論，我喜歡幼女、御姐、SM，然後就一直推送和輔助我接觸類似內容，這樣的公司是佛還是魔？這樣的公司如何定義惡？如何自己守住自己不做惡？」

小蔣默默地又啃了一口肉夾饃，我也默默地啃了一口肉夾饃。

7

公元前 221 年，秦始皇統一中國，不設諸侯，分天下為三十六郡，郡置守、尉、監，皇親國戚主要有功家族用公錢重賞，收繳天下兵器，統一度量衡，統一文字，統一車輛標準和道路標準，徙天下豪傑十二萬戶到都城咸陽。

此後，秦始皇死後很多年之後，秦朝滅亡很多年之後，公元 1973 年 8 月，毛澤東主席寫了一首七言律詩《讀封建論呈郭老》：

勸君少罵秦始皇，焚坑事業要商量。

祖龍魂死業猶在，孔學名高實秕糠。

百代都行秦政法，十批不是好文章。

熟讀唐人封建論，莫從子厚返文王。

8

2015 年，我搬回我的出生地，我老媽住在我隔壁的小區。我老媽能量太大，我逐漸有了自我意識後，先是不能和她住在同一間屋子，然後是不能住在同一套房子、同一個樓、同一個小區。德不孤必有鄰，我哥比我更敏感，他不能和我老媽住在同一個城市。2016 年，我老爸走了之後，我覺得有義務更經常地去看看我老媽，一塊兒喝口酒。她在八十歲之後，發生了一些變化，比如酒量終於比我差了，另外的變化包括：不會用驚嘆號之外的標點符號了，衣服只愛大紅色了。她如果變成植物，整個地球上應該沒有比她更紅的花兒了。她繼續保持了她的語言天賦，我把她的金句加工成書面語言之後，很多人粉她，其中包括不少恨我的人。

老媽喝了一口龍舌蘭酒，告誡我：「你現在説話越來越有人聽了，你要更加小心。做人要圓滑。別人不愛聽的，不要説，尤其是那些人比你腰粗的時候。罵人也要在心裏罵，罵得多了，他們也能聽見，他們又沒證據，只能乾着急。」

我問老媽，現在好還是過去好？

老媽反問，有甚麼區別嗎？

我被問住了。

1971 年我出生，那前後，有很多文人死掉，有很多票，光有錢沒有用，比如糧票、油票、肉票、布票、肥皂票、糖票、豆腐票、月經帶票等。

2017 年的某日，我和我老媽喝龍舌蘭酒，蛋逼。在這前後，有很多書下架，有很多許可證，光有錢沒有用，比如《信息網絡傳播視聽節目許可證》、《出版物經營許可證》、《國產電視劇發行許可證》等。

1971 年，我們共享空氣和水。2017 年，我們在自己的住處裝了空氣淨化系統和水淨化系統，我們共享汽車、自行車、充電器、雨傘、景區房間。1971 年，打倒一個走資派，我們叫好。2017 年，抓走一個貪污犯，我們叫好。

我和小蔣在蘋果總部分手的時候，下了小雨。小蔣說，在這裏，我們相信，科技的進步能打破一切壁壘，政治的、經濟的、文化的、宗教的、人種的，科技的進步加上足夠的錢（如果是無窮無盡的錢就更好了）就能解決一切問題，讓世界更美好。比如，如果人類喜歡言論自由、信息自由，那就發射幾十顆衛星，在天上組網，提供免費無線互聯網接入。

我反問：科技領導一切就能避免任何「一個」事物領導一切造成的問題嗎？你提供全球免費無線互聯網接入，你無時無刻不收集數據，你用你的算法支持地球上任何一個地方的選舉，豈不是有很大的概率你支持的人可以獲勝？地球不是要進入一個被算法統治的時代嗎？就像現在這個實際負利率時代，銀行樂得免費給每一個地球人一張信用卡，讓全地球人的生活目的變成了買、買、買。

9

2017 年 3 月 30 日，我收到一份商業建議書：「彙報一下工作，我們做了一套體感互動的情趣軟硬件，功能研發已經完成。以此為基礎，現在在海外法律許可的區域市場以聯合運營的方式做『成人視頻互動娛樂平台』，軟件平台已經迭代到了第三版，硬件樣品已經出來了，有了投資就可以量產，翻譯成人話，我們要做一個『全球 24 小時的線上妓院』。」

我忽然想，上次我大面積地皮膚接觸、全身心地大面積地皮膚接觸另一個人類是甚麼時候？

手我是有的

就是不知如何碰你

——顧城

10

面對阿法狗，我有點慌，但是沒急。作為一個碼字半生的手藝人，我苦苦思考，在這個大趨勢下，應該如何困獸猶鬥。寫作的過程無法視頻化。我寫作不挑時間和地點，只要有點空餘時間，打開電腦，我就能寫，最好周圍沒人，我能穿個大褲衩子和T恤衫，最好能有瓶好紅酒或是威士忌，一邊喝一邊寫。我想像那個鏡頭畫面，毫無美感，一個穿着大褲衩子、駝着背的瘦子在手提電腦前手舞足蹈，以為電腦是鋼琴，以為自己喝高了就是李白。但是收集寫作素材的過程倒是可以視頻化：我走訪小說的原型，看看他們生活的環境，和他們好好聊聊天、逗逗逼、喝喝酒、探討一下他們心靈深處的人生困擾。

2015年底的時候，我決定做個視頻節目，叫《搜神記》。當時沒有特別明確的意識，現在回想起來，我想做的是：借助神力，面對機器。

搜神記：搜，搜尋，找尋，探尋，挖一挖人性中最深的無盡藏；神，神奇，神聖，神經，神秘，那些有一些非普通人類特質的人，那些似乎不容易被機器取代的人，那些或許可以代表人類戰勝阿法狗的人；記，我穿着大褲衩子、就着酒把蒐羅的神力寫下來。我把《搜神記》這個創意和幾個視頻平台說了，經過幾輪溝通，騰訊視頻敢突破敢嘗試，決定做，馬自達決定總冠名。

從製作視頻，到播出，到寫短篇小說集，前前後後持續了一年半左右的時間。小說集定稿之後，我又看了一遍，我想我可以坦然面對機器了，阿法狗的出現並沒有動搖佛法的根本或者世界的本質，按照四聖諦去要，阿法狗也可以變成像阿貓阿狗似的寵物。

首先，阿法狗們能做的事兒，就讓它們去做吧，既然它們能做得比人類好很多。就像四十年前有了電子計算器之後，沒事兒誰還手算、心算四位數以上的加減乘除開方乘方啊。就像現在多數人類不再關心溫飽一樣，未來多數人類也不用關心現在常見的工作。未來，有機器幹活，人類不需要做甚麼就可以活。

其次，阿法狗們能做的事兒，如果你做起來開心，你就繼續做吧。人類早就跑不過汽車了，但是不妨礙很多人熱愛跑步。圍棋還是可以繼續下，繼續在裏面體會千古興衰一局棋，阿法狗在，反而更容易讓人意識到，很多事，遊戲而已，何必張牙舞爪丟掉底褲。

第三，很大比例的人類要在機器搶走他們的工作之前，抓緊學習，學會消磨時光，學會有趣，學會獨處和眾處。這件事兒現在不做，退休前也得做，晚做不如早做。最簡單的方式是看書和喝酒，稍複雜一點的有旅遊、養花、發呆、寫毛筆字和研究一門冷僻的學問（比如甲骨文或者西夏文字）。

第四，對於極少數的一些人，那些如有神助的極少數人，可以考慮從三個方面在阿法狗面前繼續長久保持人類的尊嚴。多多使用肉體，打開眼耳鼻舌身意，多用肉體觸摸美人和花草，這些多層次的整體享受，機器無福消受。多多談戀愛，哪怕墜入貪嗔痴，哪怕愛恨交織，多去狂喜和傷心，這些無可奈何花落去，機器體會不了。多多創造，文學、藝術、影視、珠寶、商業模式，儘管機器很早就號稱能創作，但是做出來的詩歌和小說與頂尖的人類創作判若雲泥。

《搜神記》小說集裏的所有故事，描述的都是這些似乎「我眼有神，我手有鬼」的人，這些用獸性、人性、神性來對抗這個日趨走向異化的信息時代。

或許就在我敲擊蘋果電腦鍵盤、寫這篇文章結尾的時候，人類每天記錄的數據量超越了恆河沙數。

「須菩提，如恆河中所有沙數，如是沙等恆河，於意云何？是諸恆河沙，寧為多不？」

須菩提言：「甚多，世尊。」

「但諸恆河尚多無數，何況其沙。須菩提，我今實言告汝，若有善男子、善女人，以七寶滿爾所恆河沙數三千大千世界，以用佈施，得福多不？」

須菩提言：「甚多，世尊。」

佛告須菩提：「若善男子、善女人，於此經中，乃至受持四句偈等，為他人說，而此福德，勝前福德。」

——《金剛經第十一品》

馮唐做偈曰：

生而為人，用好肉身。
此具肉身，包括靈魂。
肉交神交，度己度人，
酒足飯飽，關機睡覺。

二十來歲的你

親愛的中翰：

你好。

這是這一生裏，我給你的第一封信。這是這一生裏，我給你的最後一封信。以前，沒給你寫過信；以後，也不會給你寫信。

在機場，我買了一支黑色的墨水筆和一個無印良品的本子。飛機平飛，我打開小桌板，要了杯紅酒，開始給你寫信。

很安靜。

空姐在操作間準備食物。小嬰兒在奶奶地小聲哭泣。筆尖在紙上劃過，聲音很清晰。

那次，在北京山裏能望見長城的酒店，你的赤裸肉體在我的赤裸肉體旁邊。我綁住你的雙手和雙腳，你的肉體在抖動，無法移動。夜裏，沒有燈光的房間裏，皮膚彷彿一張白紙。我的指尖劃過你的皮膚，聲音很清晰。

那天，晚上。你對我説：你可以對我的肉體做任何事情。做蜜蜂對花做的任何事情。做馬對草原做的任何事情。做雨水對樹木做的任何事情。做嬰兒對母親做的任何事情。我當時想啊，這不是我想對你説的話嗎？我甚麼都沒説，我做了我想對你的肉體做的任何事情。

天亮了。你的眼睛還閉着，窗簾還拉着。我聽見有鳥在樹枝上梳理羽毛。我聽見有人清脆地跑過——他們是遠處的頤和園裏最早一批晨跑者吧？我還想對你的肉體做好些事情，和昨天不一樣的事情。

我在你耳邊問：天亮了，新的一天了，我還能對你的肉體做任何我想做的事情嗎？

你閉着眼睛說：肉體說……好啊……來吧……姐姐……

你叫我剪刀姐姐，暗諷我像剪刀一樣凌厲。但是啊，我畢竟是女人，女人會在很多小事兒上猶豫不決。比如，因為是唯一的一封信，我定不了是叫你中翰，還是親愛的中翰。這親愛的三個字，我寫了又塗，塗了又寫，寫了又塗，最後決定還是寫上。你看啊，這三個字附近的信紙，差不多都被弄破了。

這些小事兒不是小事兒。對我們女人來說，這些才是大事兒。你們男人想的那些事兒——如何改變世界啊、讓世界更美好啊、制度設計啊、科技突破啊，似乎是大事兒，對於我們女人來說啊，才是小事兒。看上去大，其實就是玩具，玩兒一陣就可以了，當了真，那得多傻啊！世界有自己的規律，它一刻不停地在構建自己，無論你怎麼去改變世界，你很可能只是太小、太小的一股力量，和一隻螞蟻沒有本質區別。

飛機還在飛，飛向 California。

我不知道在這個瞬間，我的腳下是海洋還是陸地。我只知道，我的眼前是將寄給你的信紙，還有你的肉體。我的眼淚又流了下來，完全沒有聲音。

我再次確定，我看不到你了。

我還想對你的肉體做好些事情。

兩個小時前，你狠狠抱了我一下。很重的香水味兒，我送你的 Dior 曠野男士的味道，和你很搭。我更狠地抱了你——你好奇，我為甚麼抱得這麼重。你以為我捨不得你。

是的，我捨不得你。天空一直下着小雨，小，不用打傘。在中環 IFC 商場，你上了出租車，繫上安全帶。我看着你。從背影看，新西裝很貼身，很帥。車子開走，我的眼淚流下來，完全沒有聲音，不算多，不驚動周圍人，不用擦拭。

中翰，最美好的事兒和最失望的事兒，都不是計劃出來的。都是命中注定。我遇上你和離開你，都屬於這個範疇。

這封信，也屬於這個範疇。

以前，我們在一起的時候，有微信、短信、私信，完全沒有寫 Email 的必要，更何況用手寫信。我寫字本來就不好看，除了簽名，無數年沒用筆和紙寫過長於兩百字的東西了。但是今天，我想用手給你寫一封長信——彷彿用手拂過你的肉體。

你寫字非常好看。你的字就像你的肉體，一看就知道是你。你的字會說話，每個筆畫都像一條魚，在紙面上自己帶着水，游，探頭探腦。你的字大過字本身的意思，彷彿一條魚大過一條魚，提示生命最本質的一些東西。非常強橫，非常棒;很牛逼，很挑逗。儘管你沒注意，儘管你沒自信，但是你寫字非常好看。我的審美經驗告訴我，字自成一體還有人愛看，就是好字兒；沒丟魂兒，就是好字兒——就像男生不整容還是很舒服有人愛看，就是值得睡的男生。

在你很強的地方，你似乎總是不自信，總需要我反覆確認。相信我的審美經驗，我說你好的地方，你就是好。別理那些科班教育，那個圈子裏的人世世代代為了生存建立的秩序，和生命的本質，和美，沒有必然關係。

我看過你的星盤，土星和太陽合相，是成就者的相位。

土星總讓人自信不足，特別是年幼時；土星又是堅韌和持久的力量，非要徹底成就之後才踏實。這和太陽的生命力結合，就是倔強強悍的人兒啊！所以啊，你要更自信，哪怕有時盲目。

但是，這是你的特點，不是你的缺點。不要苛責自己的特點——自信不足，你對自己的要求就會高些，你就容易比別人做得好，儘管對自己的消耗也大。至於信心不足造成的負面影響，慢慢克服，不必強求。三十歲以後，我學了一些偏門，比如星座、《周易》，不以事實為依據，不以邏輯為基礎，和早年的理科教育相違背。但是啊，人類不能過分高估自己對世界的理解，我們知道如何建一百層的高樓，但是我們不知道如何預測一百年後人類的政治形態。

如果不是寫這封信，我不會和你說這些。特別是，你還需要這股傻勁兒去出人頭地。我不該洩你的氣。但是沒有下一封信，我就不掖着藏着了。

這封信你留好，過幾年想起來，再看看。或許，你會有不同的感受。

前天，我收到一個短信。號碼沒有顯示，內容是一個美國地址。

我知道是他。他署了小時候用的小名，只有他父母和我知道。他父母已經不在了，世上只有我知道。

三分鐘後，我回覆了一個；又過了三分鐘，收到四個字：我需要你。

他是我前夫。

一年前，在律師樓，沉默了兩個小時，他終於在離婚協議上簽字。三十七份財產分割、轉讓的文件，他簽完三十七個名字，說：你手機號碼別換，我可能還會找你。整個過程中，他只說了一句話。

那寫了三十七遍的名字，他再也用不着了。

他跑路了。

很久以前，他問我：如果有人身安全問題怎麼辦？是留下來賭概率，還是跑路？我說：你問我？我胸無大志愛自由，我勸你跑路咯。小杖則受，大杖則走，三十六計走為上。

那天晚上，有五十多人想越過深圳海關到香港，據說，只有一小半人過來。我一夜沒睡，我在等他的電話。沒有他的消息，沒有人知道他的消息。

直到這條姍姍來遲的短信，我終於可以不用等待了。在第一時間，我訂了去美國的機票；然後，我才想起你。

想起你的肉體。你的臉。你的眼睛。

我還想對你的肉體做好些事情。

離婚後的一年，我和你過了美好時光的一年。這一年，你在我肉體裏，你在我肉體周圍。這一年的記憶，我都收集在我的肉體裏，疊好了。彷彿水一樣，霧氣一樣，在身體裏疊好了。我不想把它們變成文字，我怕在書寫的過程中失去太多東西——就讓它們水一樣、霧一樣在我的身體裏。

剛過去的春節，從初一到初五，我們都在床上，手機放在遙遠的桌子上。你是好學的孩子。所有我們聊天提到的性幻想，都在你的設計中實現了。所有可以放在肉體上舔食的食物，都在彼此的肉體上舔食了一遍。所有可以留給彼此觸摸的時間，都用羽毛、皮鞭、冰、水，彼此觸摸。所有的高潮之前，都是你在等待我的到來，而不是我在等待你的。我以為那些幻想永遠都不會被注意，永遠都不會被理解，永遠都不會變成現實。

可是，我正在離開你了，正在給你寫一封長信。

我還想對你的肉體做好些事情。

我不想和你解釋為甚麼我要離開香港、他為甚麼是國士無雙、事情的原委為甚麼不是你想像的那樣。那天之後的很多事兒，你知道了。那天之後的很多事兒，你不知道。在這封信裏，我也不想說得太細。有些，我不能說，有些，我不知道怎麼說，有些，我不想說。我可以寫很多，十個本子也不夠。我不寫，我相信你。再過幾年，你的世俗智慧精進，你的見識開闊，你能理解我做的結論。

如果你非要我解釋，我能只說一句嗎？

如果用一句話總結：我愛的是好看、年輕、簡單的現在的你，不是愛明天的充滿世俗智慧和見識的你。

可是，我還是要去陪伴只有世俗智慧的他。

我還想對你的肉體做好些事情。

第一次看到你的完整肉體之前，我就簽了離婚協議。這是我個人的事，和你無關。我和他說：我們分手吧。我還沒愛上別人，但是我想我有愛上別人的可能了，我有和另外一個男人多度過一些時間的渴望了。

他瘋了。

他是經過無數大事兒的人。他坐在我面前，很久沒說出一句話來。我繼續說：在現在，在這一刻，我可以為你死，但是我不想再和你生活在一起了。我也解釋不清楚，你也太忙，沒精神聽我解釋那麼多。如果給你一個你容易理解的原因，就是我已經是香港永久居民了，我們的兒子也是，我還持有西班牙護照。按現在的定義，你就是標準的裸官。你不用勸我，我不會放棄我的護照。我是個沒有出息、沒有甚麼大局感的小女子。我算幾十億、幾百億的賬算了二十年，也是奇蹟了；我陪你二十五年，也不短了。你有你的前程，你好，很多人會好，國家會好。

我和他是用 Hotmail 的一代投資人。Hotmail、MSN 和黑莓手機，是我們剛入職場時最常用的東西——你可能聽說過但是沒有用過。曾經，它們和 Gmail、微信和蘋果手機一樣流行，就像《阿信》《排球女將》這些日本電視連續劇，你可能聽說過但是沒看過。

你或許會納悶，天天看這麼狠的勵志故事，性格會不會扭曲？這就是你和我的代溝——哪怕身體沒有代溝，你和我的腦子成長環境不一樣。你是對的。看着這類東西長大，我們這代人性格擰巴，尤其是男人，總是很二地鞭策自己，不做點前無古人、後無來者的事兒，都不好意思在同學聚會的時候和大家說。

我有個侄子，比你小不了多少，和你算是一代人，在美國長大，玩着電子遊戲長大。我去他家小住時，總聽見屋裏傳來他興奮的尖叫。他又在征服世界了，又在做一些他認為前無古人後無來者的事兒了。如果這時候斷電，世界以及征服者以及被征服者都不會存在。

他，我的前夫，以及這一代好多最能幹的男人，都在征服一個虛幻的世界，和打電子遊戲沒有本質不同。在更真實的世界，他們被驅動，對自己、周圍人和世界造成損害。我的侄子卻是安全地在虛擬世界裏奮戰。

此刻，機艙是虛擬的，旅程是虛擬的，來回走動的空姐是虛擬的。

只有你的肉體是真實。是 being。

我還想對你的肉體做好多事情。

你的肉體。你的臉。你的眼睛。

第一次，看到的是你的眼睛。三十雙年輕的眼睛裏，最帥的一雙。三十張年輕的臉在會議室裏慢慢閃亮。三十個小鮮肉。我看到了你的新鮮的眼睛，新鮮的肉體。

尖沙咀半島酒店多功能廳，你和我，和另外二十九個新到香港的大陸背景的年輕男性投資專業人士。這個會議是華樹會安排的，我是義工，作為最早一批大陸背景來港的投資專業人士，給新到香港的大陸背景的小鮮肉們一些職業建議。形式簡單，一個下午，講一個小時，自由問答半小時。

我問華樹會：為甚麼只針對年輕男性？為甚麼是我？

第一個問題的答案是：年輕男性專業人士更需要幫助，需要過來人指導。

第二個問題的答案是：毛五斤推薦。

毛五斤是香港投資圈的大忽悠，不遠的將來，你會遇見她。

面對你的眼睛，我回憶了我的香港：不會說廣東話生活很困難，問出租車司機是否懂點英文，司機用緩慢而不屑的國語回答，如果懂英文還會在九龍開出租車嗎？你腦子有病嗎？在頂尖投行，老闆是美國人和歐洲人，同事是本地香港人。每週工作一百小時，沒有週末概念，除了洗澡和吃飯，剩下時間遠遠不夠睡覺。開心的小奢侈是週四晚飯，糾集幾個人去上環西港城南邊一點的華泰飯店，有北方水餃，先到先得，晚去冇得。吃完水餃再去中環加班。2003年，我掙了第一桶金。那年非典，街上空無一人，彷彿死城，房價跳水，我借了能借到的所有錢，用足了能用的槓桿，買了香港核心地段的房子。我喜歡香港的有序、精緻、高效、豐富。

問答環節結束，你找我説話：能給我一張您的名片嗎？我有些問題沒問，想以後您有空兒的時候請教。第二天，我收到二十封 Emai，其中有你。

你問：第三天中午有沒有空兒？請你吃飯。

Re：約我最好提前兩三週。

第三天上午 11 點，又收到你的 Email：中午的飯局取消了嗎？如果取消了，能不能一起吃飯？

那是一個神奇。你的 Emai 到達，飯局恰恰因客戶飛機誤點取消。我決定給你一點時間。Re：你訂個吃飯的地方，餐廳見。

很快，你的 Email 來了：具體時間、具體地址、誰訂的、手機號碼、餐廳問路電話號碼。

是我在香港島最愛吃的街邊攤，餃子比華泰飯店的還好。你有做個好投資銀行家的潛質：夠積極進取，夠主動，夠細心。不要小看訂餐館，絕大多數人做不好，在安排吃飯這件事兒上，你已經勝出常人無數。

街邊攤，桌子和桌子挨得很近。坐不同桌子的人，大腿貼大腿。你聲音不高，告訴我你的故事：家鄉在江浙，初戀是個爽利的北方姑娘；你在家鄉上完初中去美國；你想好好在中國搞金融，看着中國成為世界第一的經濟強國。我聽你興高采烈地講你的理想、你為理想做的準備、你面臨的困擾。我有些走神，我靜靜地看了你半分鐘，很長的半分鐘。

我還想靜靜地看你，於是我也訂了中飯，中環的一家會員制 Club。

在 Club 門口看到你，穿着運動服和很潮的紅色椰子鞋，我發現自己犯了錯誤。Club 吃飯的最低着裝要求是商業便裝，禁止牛仔褲、T 恤、短褲、運動服。我向你道歉，我拉你到三百米外的購物廣場，買西裝、襯衫和鞋子。你瘦高，腰細，腿長。我看你從試衣間無辜地走出來，帥死了。

那天我一直在說話，我不知道我在說甚麼。吃完飯，分手，我問：你覺得我年紀大嗎？你看着我的眼睛說：心靈不是衡量年齡的唯一標準嗎？看年齡不是要看心靈的年齡嗎？

你真會說話啊！

其實，我想問的是：你想看我的肉體嗎？

那天晚上，我夢見了你。我開着車，在你身邊停下，你上了後面一輛車。我的車是藍色，後面的車是黃色。我想當面質問你，在夢裏為甚麼不上我的車？我從來沒夢到活着的人，除了你。

夢醒了。窗外，中環星空璀璨。

我想：好新好鮮的一枚小鮮肉啊！我想對你的肉體做好多事情。

之後每一天，我皆如是想。

新鮮。

肉體。

小鮮肉。

相當長的時間裏，我完全不能理解，女人為甚麼喜歡小鮮肉。閨蜜們時不時在微信朋友圈轉發一些著名小鮮肉的照片和短視頻。客觀地說，國內沿海三四線城市髮廊，十個髮廊小弟，仔細穿戴打扮一下，仔細找攝影師拍套大片，至少有三個水平不會輸於他們。

在閨蜜群，對這個問題的討論，往往變成憶苦思甜的吐槽大會：

——賞心悅目啊！

——年輕帥氣啊！

——中年男人不爭氣唄，沒有保持好看，一張胖臉，身材走樣。

——男的三十出頭，都不用到三十五，就未老先衰，一股濃濃的油膩感。為了接地氣，為了老成持重，都照着央視新聞聯播裏國家領導人的打扮，穿看不到商標的夾克衫，洗澡頻率和帝都出租司機保持一致。

——這幫傻屄中年男還特別自信。臉也沒法看，屁股也下垂很久了。不知道是甚麼給他們這些自信？第一次見面，喝個咖啡，又不是82年的Lafite，眼睛直勾勾地看着你。不是色瞇瞇（如果是色瞇瞇的，我也認了，我化了這麼貴的一個妝，也是為了給人貪看的，雖然中年男不是我想吸引的，但是貪看就貪看吧），而是直勾勾！眼神明白無誤地說，你一定會迷戀我！你一定會迷戀我！你一定會迷戀我！你怎麼能不迷戀我呢！你怎麼能不迷戀我呢！你怎麼能不迷戀我呢！我心裏就罵，你丫誰啊？憑甚麼啊？別和我提你多有錢。別和我暗示你是誰誰誰的兒子。給我看你的臉和屁股，姐姐我只認臉和屁股。就你這張臉和屁股，憑甚麼我要迷戀你呢？

——小鮮肉能跟隨。比如，可以帶他們去一個他們沒去過的地方，他們沒去過的地方還很多。我老公要買一個大點的私人飛機，我心裏還以為他想和我說走就走呢。他說，他想在飛機上抽煙，在飛機上，和團隊一邊鬥地主一邊抽煙，太爽了！

——小鮮肉還處於對世界開放、探索、好奇的狀態。他們勇敢，敢說出心裏話，不怕輸。他們還沒失去擁抱感情的那份簡單與熱情。老公老了，兒子大了，他們對我都沒興趣了。小鮮肉還在學習，還有好奇心，一遍又一遍仔細探勘我的身體。

——小鮮肉還沒來得及俗氣。不是一張口就是國家大事，就是經濟形勢。

——小鮮肉沒有套路。即使有套路，也套路不過姐姐我。

一使套路，就被看穿。

——小鮮肉是一張白紙，好寫字。我可以制定規則，比如，不刷牙不可以舌吻，不洗澡不可以性交。

——其實啊，我愛小鮮肉的一個原因是無性。純真的無性。我喜歡單純的戀愛的感覺，我喜歡撫摸和被撫摸，我喜歡漫長的親吻，我不喜歡被那根肉棍捅來捅去。我受夠了那些太 MAN 的二屄，以為世界就在他們掌握之中的那股屌樣子。

——體力好。好使。不會插着插着睡着了，還流口水。

這句吐槽讓我心動。

我和他還在婚姻裏的時候，性生活一年不會超過十次。嗯，不到半包煙的數量，一個月不到一次。最開始，是因為我們都太忙；後來，是因為越來越陌生，做起來彷彿在操一個非常熟悉的陌生人，類似一對失散多年的兄妹在操。他的職位越坐越高，他的時間越來越少。總是出差。不出差的時候總是應酬。一晚喝兩場，偶爾有第三場，兩三點鐘回來，我已經睡了。他酒勁兒上來，會把我弄醒。他如果硬着，會粗暴地弄我。我夾緊一點，他馬上就射，射完馬上睡倒。後來，他越來越不硬了，還是趁着酒勁兒粗暴地弄我，命令我嘬他的雞雞。硬到能插了，命令我把雞雞放進我的肉體。沒插幾下，他就睡了，雞雞還在我的肉體裏，慢慢變軟，慢慢脫落，慢慢消失在床上看不見的地方。他淩晨前還會醒一次，去洗手間吐一下，然後想起他還沒射，覺得不好意思。再把我弄醒，再命令我嘬他的雞雞，硬到能插了，再命令我把他的雞雞放進我的肉體。似乎射精是人生必須完成的任務。從雞雞的味道裏，我知道他晚上喝的是紅酒還是白酒，是 Bordeaux 還是 Bourgogne，是茅台還是五糧液。雞雞頂住喉嚨深處，我強忍住不吐。我覺得了無生趣。於是，他留在香港不出差的時候，我就安排自己出差。這樣，我們就更見不到了，一年連半包煙都用不了。

當然，我還是擔心他。我給他找了一堆色情視頻，放進 U 盤，放進他的電腦包裏。全是口交，全是他最愛的姿勢。我叮囑他的秘書，每次出差別忘了這個 U 盤。他這樣的身份，再去街上亂搞，風險太大。十幾秒的十幾次抽送，一次射精，被錄像，被敲詐，一定會上新聞頭條。給他準備色情視頻，就像給他準備牙刷和牙膏，就像給兒子買平板電腦，讓他們安靜下來，免受世界的侵害。現代生活，出差必備。色情視頻減少了很多不必要的麻煩，謝謝那些為色情視頻辛苦工作的男男女女。

我也該給你準備一個 U 盤。

在投行，你會越來越忙，出差越來越多，國內嫖娼環境不好，你要注意安全。

我知道你喜歡的姿勢。

我會找一些女主角長得像我的女人。

你想看我的肉體嗎？

我是個美人。你和我說過很多次，你覺得我是個大美人。

但是，我知道，我是沒甚麼特點的美人，見了面覺得我很好看，離開後想不出長甚麼樣。其實，我這種長相最適合當女間諜，可惜進了投資銀行。嫁錯了郎，入錯了行。

有特點的是我的肉體。

我的腰間有個刺青，兩根孔雀羽毛。第一次上床的時候，你看到，你注意，你問：這是甚麼意思？

我說：這是我曾經會飛的記憶。

二十二歲的時候，大學畢業，我決定好好工作，好好嫁人，好好生孩子，相夫教子，做個對社會有用的人。就像飛鳥被拔掉一身羽毛，做一隻溫順的雞。但是，我在腰間刺了兩根羽毛，這是我曾經會飛的記憶。如果以後還想飛，有了這兩根羽毛做基礎，我還能長出完整的翅膀。

人生中最快樂的事兒，不是違法的，就是違反道德的，再要不就是容易發胖的。從十二歲開始，我就在做違法的、違反道德的以及容易發胖的事兒。到了二十二歲的時候，我決定做一隻溫順的雞。

有時候，我好想再飛啊。

和你第一次吃完飯，我心裏滿滿的。我問：有煙嗎？我想抽支煙。

你愣了愣，看我的眼神兒彷彿我在向你要可卡因。

——這也是代溝啊。我們這一代的男人，醒着的時候總在抽煙，彷彿人是火車、頭是火車頭，不冒煙就不轉動。每天在開會，開會時在抽煙；開完會喝酒，一邊乾杯，一邊聊正式會議上不好聊的事，到了中場休息繼續抽煙；拼完酒，醒酒，接着聊沒聊完的事兒，接着抽煙。

香港是個無煙城市。自從來到香港，我一支煙沒有抽過。我要做一隻溫順的雞，不做任何違法犯罪的事。

我拉你到餐廳旁邊的報亭，買了包煙，買了個打火機。我拉你到附近的寫字樓，在露台的垃圾桶旁邊，教你如何點煙。

你給我點了一支，自己也點了一支。你謹慎而堅決地一口、一口地抽煙，彷彿第一次親女孩兒的臉，親一下，女孩兒沒反應，你更加謹慎，更加堅決，再親一下。我看着你抽煙的側臉，側臉很帥。

我輕輕嘆了口氣，估計你沒聽見。老天爺也嘆了口氣，估計你也沒聽見。有片葉子被這口氣吹落了，飄呀飄呀，飄落到你我之間的地面上。香港中環，能抽煙的地方這麼少，樹這麼少，有片葉子能落到你我之間，我心裏又嘆了口氣。

我好想再飛啊。

飛機正在太平洋上飛。

我的翅膀正在收攏，合上，變成腰間的刺青。

我還想對你的肉體做好多事情。

——年輕的新鮮的肉體，簡稱小鮮肉。

——嫩啊。都是可愛的小白兔。

——長得這麼好！生個兒子長得這麼好也不錯哦！

——想想和帥哥的感覺。緊緻的皮膚，明亮的眼睛，清新的口氣。年輕時沒找，其實找了也不一定找得着。現在條件好了，我想試一試。

——青春的氣息。彈性的身體。味道聞起來香甜。我怎麼像是在說煎餅？還是加薄脆和加兩個蛋的。中午飯有沒有煎餅吃啊？好想吃。

——和大叔們愛小蘿莉一樣的心態。和中老年大伯找乾女兒一樣的原因。對衰老的恐懼，對逝去青春的致敬。和小鮮肉在一起，覺得自己還是十八歲。

——以上摘自《大師毛五斤如是說》

毛五斤長得強悍，打扮精緻，衣服、佩飾、妝容、頭髮的整體性很好，說話不快，聲音不大，感染力超強。不用太仔細聞，就能聞見裙子下面的進攻性。

在投資圈，毛五斤坑蒙拐騙甚麼都幹，可是大家並不嫌棄她，因為她坑得有格蒙得有調拐騙得真心實意。在閨蜜圈，她的外號叫「大師」，因為她是泡小鮮肉的大師。每天的微信朋友圈，她輪番曬着和三個不同類型的小鮮肉徜徉徘徊的美圖。在美洲，在歐洲，在非洲，在海邊，在湖邊，在山腳，手拉手散步，嘴對嘴啃瓜，很愛，很美，很動人。小鮮肉們落在她身上的眼神，滿是沉溺。

是心無旁騖的沉溺。是我許多年前曾經有過、沒有很久了、又一直渴望的沉溺。

我好想再飛啊。

我一直在等待。

等一個信號。

街頭的紅燈變綠燈，在域多利皇后街，我和毛五斤擦肩而過，她扭頭衝我喊了一嗓子：收 mail。

我收到了一封新 Email，from 大鬼小鮮肉俱樂部。通常，我不看這類 Email，我怕電腦病毒。但是那天，我用的是一台舊蘋果電腦，從網頁登錄。即使出了病毒，壞了就壞了，彷彿開一瓶 1937 年的紅酒。

Email 的題目吸引了我：我們女人為甚麼愛小鮮肉以及如何得到他們？

好的文案值得鼓勵，我喜歡這個題目。Email 裏沒有色情內容，只是一個純正的廣告：兩週之後，帝都 W 酒店，怎樣泡小鮮肉大師研修班，世界知名小鮮肉大師毛五斤主講，三天，會務費九萬八千蚊。

毛五斤竟然開研修班？能研修甚麼？如何泡到小鮮肉以及在哪裏能找到他們，是研修出來的嗎？會務費也是天價了！衝着毛五斤的名頭，我知道這可能是個騙局。但是我喜歡騙局，喜歡每隔一兩年進入一個騙局，彷彿每隔一兩個月進一次電影院。我輸得起。

最主要的是，兩週之後的那一週，他都在香港。我不想嘬他的 Bourgogne 混五糧液味兒的雞雞。

點擊鏈接，交訂金，訂機票。兩週之後，我來到帝都，恭聽大師授課。

本屆研修班共有十三女。六個人戴墨鏡，在屋子裏也不摘，六個人戴口罩，在屋子裏也不摘，她們生怕別人認出她們來。我沒戴墨鏡，沒戴口罩，也沒化妝，我是沒有特點的美人。上課前，我們都把手機和包包留在了教室外，由一個美麗乖巧的小妹妹看管。在教室裏，不能拍照、不能錄音，彷彿我們研修的是國家大事。

第一天，研修主題是：如何泡到小鮮肉？因為你愛小鮮肉。

一整天時間是組織討論：你為甚麼愛小鮮肉？

這是套路。我有幾個同學都當大學教授，我總好奇，幾句話就能說明白的事兒，怎麼能教一個學期？他們告訴我，耗時間最好的方式是：多問問題，讓同學們多討論。這種方式的學名叫行動學習。

姐妹們扯着脖子傾訴自己的內心，似乎說完了我想說的原因，又似乎都沒說出來。教室的氣氛已經被毛五斤完全調動起來了。開始，我不想說甚麼；後來，我完全插不上嘴。其實，我只想說：我好想再飛啊！我想做二十二歲之前做過的快樂的事兒，想做違法的、違反道德的以及容易發胖的事兒。

第二天，研修主題是：如何泡到小鮮肉？你要有正確的打開方式。

一整天時間還是組織討論：你如何搭訕小鮮肉？

這個內容對我沒甚麼大用。我是做投資銀行的，前半生都在做這個。無中生有、不卑不亢但是看上去溫暖真誠，讓陌生人覺得舒服，問很多很好的問題然後閉嘴傾聽，幫別人勾畫未來，落實流程中的一切細節，從別人的角度想問題，平和地無情地推進進程，不見南牆不回頭見到南牆也不回頭，等等這些，是我的職業修養——除了這些軟技能，我還能記得過去幾年見到過的數字、心算四位數加減乘除、完全不用鼠標建估值模型。除了 CFA、CPA 這些職業技能和認證，我還是很好的司機、在五十分鐘內跑完十公里、半斤白酒酒量、拳擊正規訓練多年三個男人佔不了我便宜。

第二天快結束的時候，毛五斤突然問我：你一直沒怎麼發言。你也貢獻一下。我問你，如果你遇上極喜歡的小鮮肉，一起吃第一頓飯，你可以問他三個問題，你會問甚麼？

我說：我會問，你的理想是甚麼？你初戀是甚麼樣的人？你最不喜歡你媽媽甚麼？我會問這三個問題，我會按這個順序問。

中翰，你還記得我們第一次吃飯嗎？我們慢慢地吃了兩個小時的中飯，我和你就只聊了這三個問題。

其實，我真正想問的是：你想看我的肉體嗎？

飛機進入美國領空。俯身倒酒的空姐人到中年，上身中空，很大。

我的也很大。

你想看我的肉體嗎？

你看不到了。

第三天，也是研修的最後一天，毛五斤開場只集中講了一句：最好的泡小鮮肉的方式，是和他一起經歷一段美好的時光。是的，和其他愛戀一樣，美好的時光勝於一切。今天，我和我的團隊會花時間和你們每個人討論，如何幫你們創造和小鮮肉共同經歷的美好時光。我們一起定計劃，我和我的團隊幫你們實現。

三天研修班，前兩天都是套路，第三天倒真是超出我的意料——這次研修不是騙局。之後的一整天，都是一對一進行。大師和某個人單聊的時候，其他人就冥想，寫自己的行動計劃。輪到我的時候，我手裏的紙還是一片空白。

我說：老毛，我二十五年沒談戀愛了，婚內二十五年也沒外遇，是個只從工作中汲取力量的無趣而且無聊的人。我甚麼都想不出來。

大師毛五斤看着我說：我給你舉個例子，看看對你有沒有啓發。有個學員說，她已經在交往一個小鮮肉了。她的計劃是在春節期間人間蒸發七天，租個私人飛機，七天飛七大洲，在每個大洲跑一個馬拉松，七天七大洲跑七個馬拉松，只有她和她的小鮮肉。無論七天之後怎麼樣，她無所謂。

我說：很棒的計劃。但是我春節期間早就安排滿了，七天都安排滿了。你看，我就是這麼一個無趣的人。安排好的事兒，我就無情地執行，不管其他。

大師毛五斤說：你有趣。你進入工作狀態的時候很性感，非常迷人。你列的三個問題都是極好的問題，你安排的順序也非常合適。可以想像，你在工作中是多迷人啊！

我說：那是在工作中。工作之外，我甚麼都不是，我就是我老公的老婆。工作之外，除了家，就是恢復自己，為第二天工作做準備。

大師毛五斤笑了：那就這樣。我們就安排，你在工作環境中見到你的小鮮肉。

我說：我工作外都不戀愛，工作之內就更不了。我是個有原則的人，工作就是工作。老毛，沒事，謝謝您的好意，我這三天已經體會了很多，您不用一定把服務做到位。

大師毛五斤說：不會影響你的生活原則。再說，生活原則的設立就是為了被違反的，它設立的那一刻就暗藏了要被違反的種子和心魔。我們來設計吧。到時候，你有全部的自由，配合或者不配合。

像電影裏說的那樣，我把這次研修全忘了，就當成一次人生體驗，體驗完，疊好，隨手放到身體裏的某處，完全沒計劃會再想起來、會再打開看看。

飛機擊穿雲層。

你的肉體擊穿雲層，落向我的肉體。

飛機落向 LAX 機場，沒有落向我的肉體。

我的前夫在雲層之下某地等我。那裏望不到長城。

研修班之後三個月，我遇見了你。

遇見你後三天，我離了婚。

簽完離婚協議和三十七份財產分割協議，我兵荒馬亂地跑到你的寫字樓樓下。我在電話裏大聲喊：中翰，你在幹嘛呢？既然你沒開會呢，你就下來，我想看到你，我們去喝杯咖啡。你沒做完的估值模型我來幫你搞。

北京山裏能望見長城的酒店，你和我共度五天，五天肉體之間的馬拉松。

那五天，世界上應該有很多人在跑馬拉松。如果他們跑的時候帶着手機，應該每天的步數超過三萬。關於你的肉體，我可以寫很多，十個本子也不夠，3T 的硬盤也不夠，但是我不寫，那是我的，在我腦子裏，在你記不得的時候還在我腦子裏。我不想分享。

可惜啊，你心無旁騖的時間只有那麼多，甚至短過一個花期。

你做完一個項目，我和你慶祝，你的手沒離開過你的手機。花開在你的臉上，只要手機貼在你耳朵上，你的花就閃爍。

你的估值模型做得有模有樣了，你的 PPT 不比麥肯錫的人做得差了。你喝酒越來越多，要第二場之後才能見我，我心疼你硬挺着，但是看着你酒着的臉、勉強支撐的精神，我知道，這一晚，你的精力耗得快盡了。

我們還是上床，你還是個少年。但是，我知道你在調集你的真氣。如果我有一根針，我扎你一下，你就黯淡了，在月光下，不會再發亮。我的性幻想又成了幻想，我的小鮮肉被我調教成了另外一個前夫。我知道這一切成就了你，就好像之前的一切、包括我，成就了我的前夫一樣。

這封信超過一萬字了。原來只聽説過有識之士寫萬言書進言國家大事、化解民族矛盾，像我這樣寫封萬言書，似乎還沒見過。

我似乎還有好些話要和你説。但是一切都要有個結束，這封信也一樣。我就寫到這裏。你讀到這裏，也把你的手指按在這裏，多停留一下。

我已決心不寫，我怕我會一直寫下去，直到飛機落地，直到鋼筆沒水兒，直到本子沒有空白，直到我會買張回程機票去看你，對你的肉體做好多事情。所以，你讀到這裏，手指停一下，就在這裏，多停一下，多停一下。

相遇就是永遠，忘記也是記得。你進入過我的肉體，你進入過我的心。在之前的一年裏，你反覆進入我的肉體，你一直佔據着我的心。這一切留下了痕跡，其他人看不到，但是我知道它們在那裏。在下小雨的時候，在我走在洛杉磯街頭的時候，在我走向他的時候，在我防備不周全的時候，它們會忽然大起來，暖我的身體，暖我的心，咬我的身體，咬我的心。

我會想你。我還想對你的肉體做好多事情。想你的時候，我會去參加一場年輕男性投資人的研討會，我會在那些白銀般閃亮的身體中，尋找與你相似的肉體。

謝謝你和你的肉體在我的生命中出現。

祝好。你好好的，你一直好好的。

你的，姐姐，

白潔

附記：也許你已知道，大師毛五斤正在野蠻人入侵億科地產。你不知道的是，我是幕後操盤手。這是老毛為一枚小鮮肉索要的價碼。有個小說家曾經說過：「所有命運贈送的禮物，早已在暗中標好了價碼。」你值。

論手淫也是一項體育運動

——寒山拾得的《普魯斯特問卷》

1、拾得

拾得問寒山：「為甚麼每次吃飯，你總是比我早到？總是你在等我和其他人？」

公元 2000 年，在三十歲生日之前，拾得在帝都第一次認識了大他九歲的寒山。

那是一頓乾坤大酒。拾得剛用三個星期的假期沒日沒夜地寫完了他人生中第一個長篇，賣給了一個風頭正勁的書商。他一會兒以為自己馬上就要紅了；一會兒以為自己寫完這個長篇之後就可以完全忘記寫作這件事兒，「若個書生萬戶侯」，放下文藝，盡情地去追求街上的滾滾錢幣和牛屄去了。他一會兒覺得自己應該和左右兩個女作家寒暄幾句，問問「你上一本小說寫的甚麼內容啊？」「你還在寫新的小說嗎？」這類不會錯的問題，但是一想如果別人問他這類問題，他一定會在心裏罵對方傻屄，所以也就不問了；一會兒在心裏掂量酒桌上這些知名作家的原始才氣，覺得平均值其實不高。他一會兒想想如何讓別人知道他其實寫得很好，怎麼想怎麼沒有任何好的解決辦法，就像無法讓酒桌之外的漫漫長夜在瞬間變成白晝一樣；一會兒又覺得無論如何要用盡自己這塊材料，如果真能牛屄，那就盡全力閃爍。

因為心裏事兒太多，真氣亂竄，非常不舒服，肌肉和神經不知道何去何從，拾得索性不說話，一杯一杯地給自己倒滿二鍋頭，和每一個杯子裏有酒的人碰杯。每次碰完杯，仰脖兒就乾，然後看着對方。多數人抿一下就放下了杯子，唯一的例外是寒山。寒山每次都乾，而且每次加酒加得比拾得還快，每次杯子裏的酒都比拾得的多，似乎永遠在等拾得過來乾杯。

拾得很快乾完了一整瓶二鍋頭，這是他有生以來喝得最多的紀錄。在某些瞬間，他覺得酒就像水一樣，他也能像寒山一樣，一口接一口，不知道醉是甚麼東西，就像一條魚缸裏的金魚，就像他在狂寫小說的那三週裏，在有些瞬間，他覺得自己就是神，就是文曲星附體，就是巫師一樣，敲鍵盤的手比腦子快，老天繞過他的腦子、用他的手在敲下一個又一個句子。拾得在進攻第二瓶二鍋頭的途中倒下，頭頂衝東，一堆水煮花生皮，下巴衝西，一盤子吃剩的地三鮮，一汪油水裏土豆和青椒已經遠去，剩下茄子孤獨地黑紫着。

大酒到最後，場面混亂。拾得被送到他研究醫學的醫院，師兄、師弟、師姐、師妹得知消息後紛紛從被窩裏爬起來、趕過來，衣冠不整，頭髮淩亂，在興高采烈的爭吵之後決定給拾得插管兒洗胃。不管有用還是沒用，場面熱鬧就好，折騰拾得就好。拾得第二天醒來，師兄、師弟、師姐、師妹都不在周圍了，胃管兒也已經不在身體裏了，鼻子裏全是凝成黑紅色的血嘎巴兒，摳的時候如果不使蠻力，精細撬動，能慢慢悠悠從鼻腔裏拎出來一串血鼻涕嘎巴兒，一串葡萄乾兒似的。

那次大酒之後，拾得漸漸形成了習慣，每一兩個月會去和寒山喝一次酒，不涉及生意、寫作、名聲或者性，只是酒精和胡言亂語。

儘管寒山出過不止一本書，寒山第一痛恨作家。喝多了之後，就罵：「還他媽的寫作，都是一群臭傻屄！佛祖寫啥小說了？四十九年住世，沒說過一個字！」

寒山第二痛恨表演藝術家。沒喝之前，就罵：「臭戲子！臭戲子！沒一分鐘一剎那是個人樣兒！你們演個球啊！以為自己是昆蟲嗎？連昆蟲都不如，臭 × 子！」

寒山和拾得一樣熱愛婦女，但是寒山從不邀請任何婦女喝酒。寒山的說法是，人活着已經非常複雜了，為甚麼還要有性？一男一女，抱在一起，雞雞進入了逼逼，嗷嗷怪叫幾聲，於事無補甚至添更多麻煩。人類絕大多數悔恨都是由於這幾聲嗷嗷怪叫引起的，剩下少數悔恨是由於莫名其妙的戰爭引起的。

幾次和寒山喝酒之後，拾得總結了一下寒山罵人的規律：喝了一斤烈酒之後開始罵，通常不罵在場的；如果罵在場的，要等喝了兩斤烈酒之後。

寒山罵作家，拾得不反對。拾得也覺得撅着屁股在電腦前寫文章一點都不優雅和性感。自從拾得認識寒山之後，寒山就不再寫作了，拾得對於前輩的寫作陽痿充滿了一個新人大大咧咧的同情。

拾得不像寒山一樣鄙視演藝明星，民眾愛看甚麼他們就像甚麼，是他們的職業。在帝都，不少行業做到頂尖，都是演藝明星，比如科研、烹飪、商業，再比如政治，哪一個在電視上、街道公交路牌上、手機屏幕上晃的人不是戲子？

寒山同意拾得的說法，「所有露臉的，都有嚴重不要臉的成份！都是戲子，都是臭×子！沒一個好東西！沒一個幹好事兒的，沒一個能留下點甚麼的！他們取悅民眾、煽動民眾，他們把大眾往更低的地方引！都是為了自己！臭×子！他們能留下點甚麼？他們不要指望他們能在大地上留下點甚麼，沒戲！」

每次拾得進餐廳，寒山都已經坐在桌子旁了，往往是屁股衝餐廳門口的一個固定座位，嗑瓜子，就着兩三個涼菜喝一瓶涼啤酒，似乎在想事兒，似乎甚麼都沒想，等客人來得稍稍再多一點就開烈酒。

拾得問過幾次寒山：「為甚麼每次吃飯，你總是比我早到？總是你在等我和其他人？」其他人，包括拾得自己，經常藉口帝都堵車、會議拖堂、老媽嘮叨等等，晚來十分鐘到幾小時，寒山毫不介意。

寒山答拾得：「你們都是忙人，大忙人，就我一個閒人。我一天裏最大的事兒就是晚上這頓酒兒了。沒人約的時候等人約我，約好了我就早點到，先溜達到餐廳，打杯啤酒，坐着，期待。你們這些甚麼事兒都安排得滿滿的好好的人啊，你們不知道期待有多美好。」

2、寒山

寒山問拾得：「你甚麼時候能徹底消停，徹底住在北京？算一算，今生今世，可能聚不了幾次了。」

一個一直困擾拾得的問題是：睡不夠。「原來聽到的老話兒都是騙人的。誰說三十歲之前睡不醒，三十歲之後睡不着？為啥我四十多歲了，還是睡不醒？」

另一個一直困擾拾得的問題是：每天早上鬧鐘響起，拾得掙扎着醒來，是再多睡十分鐘，還是衝下酒店樓下吃個十分鐘早餐？一大半的情況是，拾得再多睡五分鐘，然後衝下酒店樓下，吃個五分鐘的早餐：兩個兩面煎的雞蛋、四個小籠包或是兩個菜包、一根油條、一杯豆漿。這種日子過久了，拾得掌握一些正常人類無法掌握的技能，比如說，一邊撒尿一邊開電話會；再比如說，同時開兩個電話會。最神奇的技能是一邊洗澡、洗頭、刷牙，一邊開電話會。

後來，高科技來了，iPhone 7 出來了。iPhone 7 最大的特點是換了似乎沒換，iPhone 7 和 iPhone 6 的前臉幾乎一樣。因為顏色都是土豪金，拾得常常把 7 和 6 兩台機子搞混。7 和 6 的最大的差異是防水，任何沒有經過嚴格修行的門外漢都可以一邊洗澡、洗頭、刷牙，一邊開電話會了。

拾得覺得他的時代在真真切切地離他而去。

寒山問拾得：「我覺得你是個火柴。我有一次，看着你從胡同口兒往餐廳走，夕陽在你身後，你走得那麼快，小道地面兒又那麼熱。盛夏啊，真怕你和火柴一樣。火柴頭在小道上一擦，點着了，真點着了，然後就燒沒了。」

拾得答寒山：「我也想消停，但是為甚麼有時還是覺得熱鬧得不夠呢？我知道我需要做減法，但是總覺得好奇，這個也想幹幹，那個也想幹幹，幹了幹就都幹成了。幹成了之後，又想設新的目標，又去幹。這是不是就是所謂的苦海輪迴啊？你是怎麼捨得的呢？你是怎麼忍得住不做事兒呢？估計上輩子我是個太監，一缺百缺，這輩子補。等我的大毛怪老了，我就徹底回帝都，去哪兒都不帶手機，沒大事兒別找我，找我就像劉備找諸葛亮一樣，到我家門口堵我。到了那個時候，咱倆每天都一起喝酒。」

寒山問拾得：「你的大毛怪在哪裏？牽出來給我看看，讓我也見識見識。我和你説啊，你現在已經常帶兩個手機了，一定不要常帶三個手機啊。我認識的，常帶三個手機的人，很快都進監獄了，沒進監獄的都進醫院了。我曾經認識好幾個酷愛做事兒的人，停不下來。我和他們分析過，權、錢、色，一有俱有，一無俱無。但是，如果一個能幹的人只要一個，必成事兒；如果要兩個，很糾結；如果要三個，必死無疑，必死無疑。你的大毛怪在哪裏？男人啊，不能被女人的肉身牽着走，那樣很低級；也不能被自己的肉身牽着走，那樣也不高級。我還遇上過一類男的變態——不是你啊，但是你要小心——積攢積分，甚麼酒店積分啊，甚麼航空公司積分啊，每天不泡酒館，就想去酒店和飛機場，一年飛一百次，比飛行員飛得還多，湊里程啊，湊航段啊，到了年底給周圍人看，『我飛得比百分之九十九點九的人都多，我三十五歲前就是國航終身白金卡了』，你説是不是有病？是不是受虐狂啊？大傻逼啊！這些人都不該被稱為人類，換個新詞兒，『站豬』，除了能站着，和豬沒甚麼區別。被低級需求驅動，甚至還不如豬，豬至少非常真誠。我真的不是説你啊。你的大毛怪在哪裏？牽出來我幫你抽它。」

拾得乾了面前的一大杯威士忌，酒在食道裏燃燒，找了桌面上一尺見方的空地兒，跳上桌子，開始麻利兒地脱褲子，大聲吟誦：「我們失去的只是鎖鏈，贏得的是整個世界。偷雞巴，

偷雞巴，新時代的冬至。Toshiba，Toshiba，新時代的東芝。」

3、拾得

拾得問寒山：「你怎麼知道這個玉碗是清早期的而不是上週新做的？」

拾得見到寒山的時候，寒山正在嗑瓜子。

黑色的瓜子兒放在一隻白玉碗裏，白玉碗光素不琢，口沿兒嵌了一圈黃金，在夕陽下光暈繚繞，比拾得見過的絕大多數美女都奪人心魄。

寒山答拾得：「你怎麼知道某個丫頭是八歲、十八、還是八十？細細想想，道理一樣。你應該有個愛好，最好這個愛好和人無關。人太麻煩了，女人尤其麻煩，任何非人的都行，都比人省事兒，比如玉器或者瓷器。這樣，你就能更好地理解過去的人和未來的人。非人的物件兒上都留着過去的人和未來的人的信息，就像我給你寫封信一樣，本質上沒有區別。你聽過兩個巴掌拍出的響聲，你聽過一個巴掌拍出的響聲嗎？好的物件兒裏有好大的一個巴掌的響聲，比如它告訴你，甚麼樣兒的美能讓過去的人不自主地愛不釋手，甚麼樣兒的美能讓未來的人有個比大白蘿蔔還大的勃起。你說，這個碗，四萬值嗎？賣貨的那個慫兒非要四萬，我只想出兩萬。我明天下午酒醒了，再去華威橋古玩城，繼續逗逗那個慫兒。如果兩萬拿不到，我就退給他。懟懟他，與人鬥，其樂無窮。」

4、寒山

寒山問拾得：「你多大第一次手淫？是否堅持手淫至今？曾經有過心理障礙嗎？」

拾得答寒山：「我十四歲讀《資本論》第一卷時萌發了手淫的意識。這本書太偉大了，太他媽的牛屄了，跨越語言、地域、時代，嚴重影響了整個世界這麼久，包括嚴重影響了我。想到這種偉大，我的陽具就大了，無比之大，比我心中的大毛怪還大，把我和我的大毛怪都驚呆了。這個勃起嚴重影響了我。然後，平生第一次，我的右手就幫我幹掉了它。我的右手甚麼都沒用，毛畫和毛片都沒用，就用了蠻力，皮對皮，肉對肉，彷彿你説的古代琢玉是石頭磨石頭，沒幾下就制服了這個勃起。我沒甚麼心理障礙，既然手淫要動手，動完手感覺也挺累的，我就把手淫當成一項體育運動，至少類似拿毛筆臨顏真卿的《大唐西京千福寺多寶佛塔感應碑文》，都是右手為主，都是握着一個管狀物比劃來比劃去。另外啊，我回想啊，我臨顏真卿《多寶塔碑》的時候年紀太小，五歲。如果年紀大些，可能就是臨着臨着就硬了，那麼多渾圓的結筆局部啊，多像女性的屁股啊。

再說，我經常出差，不靠這玩意兒怎麼辦？法律這個人造的玩意兒，它厲害。飛機飛到一個城市，開完會，吃飯應酬完，我在酒店裏，看着窗外的街道，有保健按摩的招牌，雞雞硬起來，覺得這一切是一個巨大的荒誕的陰謀。每個按摩的招牌都是釣取性功能正常男性的魚鈎，每一個竄到街道上解決雞雞問題的男子都是有古風的勇士。但是，我始終搞不清手淫和大毛怪的關係。我總覺得我手淫的時候，大毛怪在屏幕後面看着我，彷彿它是一切成人愛情動作片的總導演。」

5、拾得

拾得問寒山：「列十個你百思不得其解的問題？」此時，寒山已經喝光了一瓶威士忌。

寒山答拾得：「第一，貓為甚麼一生出來就會躲開人到一個固定的地點大小便，而且用砂土掩埋它的大小便？小孩兒要學好久才會。

「第二，貓為甚麼愛吃魚呢？他們應該跟魚沒甚麼仇兒啊？

「第三，我越來越覺得一切都是出生時定了，包括一個人是否勤奮、混蛋、善良，其實，也是出生之前就定了的事兒，那麼出生之後還掙扎甚麼呢？

「第四，如果我患了老年癡呆，見死去的人和美好的古美術就哭，見活着的人就只會説一句，『臭傻屄』，怎麼辦啊？

「第五，人在胚胎裏第一次心跳是怎麼跳起來的呢？

「第六，為甚麼每個小孩兒都是哭着血淋淋地從娘胎裏滾出來，我們還是要把他們生出來？

「第七，更不明白的是，這些臭傻屄小孩兒們長大了，完全忘記了他們是多麼不想來到這個世間的，每個都貪生怕死，每個都無可救藥地成為了臭傻屄，有的還常帶兩三個手機，覺得世界掌握在他們手裏，這中間發生了甚麼啊？

「第八，有些人，挺好的，你就是不想再見到他們。為甚麼啊？有些人，沒一點有樣兒，幹的事兒豬狗不如，你就是懷念他們。哪怕他們是你咒死的，你還是偶爾會想，他們如果復生，該有多好啊，一起喝一杯，多快樂！事情過去好久了，話也沒啥可説的了，但有時想起她，為啥還是真他媽的難過啊？

「第九，好吧，本來我有好幾十個不解之謎呢，説着説着怎麼就忘了？

「哦，對了，忘了告訴你了，我晚飯早到的習慣是年輕時陪我爸接客形成的。我當時的職務是我爸的秘書，這是我這輩子做的唯一的一個正式工作，這個正式工作的主要內容是陪我爸和客人吃飯。你不要小看吃飯這件事兒哦，在甚麼地方、和誰吃、甚麼時候吃、點甚麼吃、吃時候説甚麼、説甚麼的先後次序、誰買單、如何推讓等等，都是大學問哦。如果一個編輯非常擅長和臭傻屄作家吃飯，他一定是個好編輯，一定能當主編和總編。我陪我爸和別人吃飯，他總是要早到半個小時到一個小時。他說，這樣有兩個好處，第一，把遲到的壓力給客人。如果他們遲到了，他們或許對你有隱隱的歉疚，這樣你要他們配合點事兒就容易些；如果他們對你沒有隱隱的歉疚，他們就是臭傻屄，不要搭理他們，切記。第二，你我父子倆坐在這裏看看屋外，哪怕沒啥可聊的，但是我到了老的時候，就可以和自己說，我和你一起看過很多，特別是夕陽。等你老了的時候，那時候我應該早就不在了，你就可以和自己說，你和我一起看過很多風景，特別是夕陽，多好啊！第三，你要記住，比美好更美好的，是等待美好的事情發生。」

6、寒山

寒山問拾得：「拾得啊，你最近怎麼這麼不景氣，連個像樣兒的女朋友都帶不到酒桌上來了？」

拾得偶爾會拉着一些朋友一起見寒山。寒山除了不喜歡作家和演員，對於其他人還是非常體貼周到，喝多了也會不大罵，最多罵沒來的、晚到的和早走的。其實，如果來了作家和演員，喝高之前，寒山也會做得非常周到，只要是男的，必然是才子，只要是女的，必定是西施。

沒喝微醺之前，寒山捏住當晚酒桌上一個最漂亮的姑娘的手，說：「你注定不平凡，儘管你想消停，那些臭傻屄也不讓你消停。」拾得在這時候往往已經喝高了，捏住姑娘的另一隻手，說：「一人之福，眾生之苦，山羊的事兒不是綿羊的事兒。」

寒山再喝一會兒，放下姑娘的手，說：「你知道你最好看的是哪個部位嗎？不是手，是腳。你知道嗎，我看手相一流，看腳相，天下無敵。中華大地，五百年一寒山。有了你腳相的信息，我能明確告訴你，哪些不讓你消停的人是臭傻屄。別小看這點哦，壞男人往往以好人的面目出現，革命往往是壞人的舞台，他們革命的時候，往往需要一個美女在旁邊看着。好男人往往以壞人的面目出現，遇見比他壞的女人，被這個女人害了，遇見比他好的女人，把這個好女人害了。所以你啊，美女，不要玩世，社會凶險。」

寒山有一個永遠的女朋友，年輕時美到讓看到她的一大半男生發生急性動脈血栓。在寒山的形容裏，她是比那個清早期鑲金口玉碗更美的極少數的女人。拾得見過她四十歲之後的樣子，拾得相信寒山的話。因為不開口說話都能影響男性的循環系統，寒山的女朋友就越來越不愛說話，後來學了音樂，小提琴鋸得特別棒，鋼琴也剁得很響亮。寒山女友在很小的時候就遇上了寒山，寒山那時就已經特別能喝酒，說話很詼諧、很刻薄，誰都看不上，很愛看書。寒山女友知道李白，知道李白也特別能喝酒，說話也很詼諧、很刻薄，也誰都看不上，讓當時最大的太監洗腳、磨墨，就認定寒山特別有才，長大是李白，會給她寫「雲想衣裳花想容」，過了幾百年還有人會背。寒山女友就愛上了寒山。

寒山的女朋友即使偶爾不出現在寒山的酒桌上，也在寒山酒桌的氣場裏。拾得坐在寒山旁邊，聽到過幾次寒山的女朋友打來電話，每次的內容類似：「寒山，你又在哪兒喝呢？你少喝點，都幾點啦？你那麼胖，喝多了，誰拽得動你啊？旁邊哪個小丫頭片子在打你的鬼主意呢？長得有我好看嗎？長得有我年輕時好看嗎？」

在帝都的四季裏常年喝酒，寒山有過無數有其他女朋友的機會，有一次還差點結婚。婚禮前夜，一頓昏天黑地的大酒，寒山推開餐廳的門，走進帝都寒冷的黑夜，黑白不分的雪就開始像倒垃圾一樣從天上掉下來了。寒山仰天長嘯，一口痰，沒嘯出來，雪落進他大大張開的嘴裏，他一嘴的土腥味兒。寒山然後在雪地裏罵：「我為甚麼要結婚呢？為甚麼相信這個女子在本質上和其他女子不一樣呢？我為甚麼要和其他臭傻屄一樣傻屄呢？如果那樣，我不也是臭傻屄了嗎？」

還有一次，寒山悄悄結完賬，想從餐廳悄悄溜走，喝多了點，腳下沒準兒，絆了一下，膝蓋碰撞磚面，發出很大的聲兒。拾得看到寒山瘸着、踉蹌着，飛出餐廳，一個美麗的姑娘也飛地跟了出去。他倆飛過街口矮樹的時候，一個拉升從樹冠飛過，一個躲避從右側繞行，完全不像人類。後來寒山和拾得說，他竟然在自己住了三十年的東四附近迷了路，被那個姑娘趕進了一個死胡同。他試圖再次起飛，翻牆，牆那邊一片狗叫，聽上去不止一隻，只能轉身迫降，直直面對跑過來的姑娘。

那個姑娘在那個晚上在那個死胡同裏說了很多話，寒山記得最後一句：「你住嘴。不要說你要做的事兒裏沒我。不要說只生歡喜不生愁。誰不知道你啊？你有啥事兒要做啊？你要尊重婦女。我不說放棄，你沒有權力放棄，必須等我喜歡夠了，我再和你說分手。」

最後一次，最美好。拾得聽說，寒山和一個短頭髮的姑娘一直喝到餐廳的大廚、收銀、服務員都撐不住，睡了，喝光了餐廳屋頂之下所有的酒，然後手拉手一起走到寒山的院子。一陣風，寒山打了一個噴嚏，說：「我這個臭傻屄，我忘帶鑰匙了，我媽早就睡了。她年事已高，心臟不好，現在都快天亮了，你說我要不要吼她起來開門？」後來，寒山和短髮姑娘坐在院子門口的台階上，坐了三個小時。後來，天亮了，短髮女生說困了，說今晚的月色真美，坐在台階上的每一分鐘，四肢不動，但是都覺得是在舞池裏跳舞，然後自己打車回去了。

拾得答寒山：「最近的確不景氣。我最近一直盼望着帝都盡快冷起來，越冷越好，冷到不得不抱一個姑娘才能身體不打哆嗦。」

寒山告訴拾得：「在台階上坐等天亮那次，其實我有鑰匙。我也想過，開了門帶那個丫頭進去。但是又想，進去之後幹嗎呢？幹嗎之後幹嗎呢？於是說鑰匙忘帶了。儘管鑰匙硬硬的，就在大腿旁邊，距離她摸我大腿的手也不遠。」

7、拾得

拾得問寒山：「活着對於你是個難事兒嗎？」

寒山喝了口酒，答拾得：「是的。活着對我是難事兒，活着多於任何人類都是難事兒。你們只看到我悠哉游哉喝着啤酒吃着小菜等你們，你們不知道，我也有壓力，我壓力很大，你們都給我壓力。過去的歷史給我壓力，遠處的海洋給我壓力，空氣和樹葉和風都給我壓力，鹽和醋的叫聲都會給我壓力。有時候，呼吸是壓力，心跳是壓力，我有筆錢沒收到是壓力，我有筆錢沒轉出也是壓力。有個媽是壓力，媽可能比我走得早也是壓力。儘管我很聰明地選擇了我現在的生活方式，和所有聰明一樣，我也被聰明耽誤了。」

寒山的女朋友在場，樂了：「我們給你壓力？呵，呵呵，呵呵呵。你說，世界上還有天理嗎？」

拾得也樂了。

8、寒山

寒山問拾得：「你寫得越來越多了，到處都能看到你的文章了，作為一個志在不朽的人，你怎麼能越寫越順呢？」

拾得答寒山：「我其實是越寫越澀。那些都是舊稿子，新發出來，新媒體，知道吧？又運動了，新媒體了，報紙雜誌不行了，你偏巧看到而已。而且，你這個不是問句啊，你已經有了答案，你問個屁啊？」

寒山答拾得：「不要和臭×子走得太近。」

拾得答寒山：「如風吹水。你下次放屁時，請去洗手間，請關好門。太臭啦。」

9、拾得

拾得問寒山：「你最近在忙甚麼？」

寒山答拾得：「我最近在做減法，逼着自己失去。起因是這樣的，昨天早上我吃完滷煮，老闆娘找了一堆非常難看的一塊錢給我，我捏着這些一塊錢就去了街口，在街口的報刊亭買了六份報紙。我看了一上午，越看越絕望，現在人們的目的是如此一致，共識是如此一致，看一份報紙就夠了，何必六份？只要有名就會有錢，只要有錢就要出名，有名有錢就是成功，成功之後臭傻屄也成了牛屄。這都是甚麼邏輯啊？學校和社會培育出多少行屍走肉，臭而不知，傻而不覺。所以我覺得，我要進一步做減法。如今的標準明確需要我有的，我一定減掉。目前，我把累人的事兒都減掉了：工作、房子、車子，還有後代，我很快就只剩個屁了。如果我吃的健康，儘管那是不可能的，我就屁也不剩了。我父親早就去世，我是他的延續，但是我不想再把自己延續下去，我不想孩子重複我這樣的一生。我自認為我不是一個牲口，因為我有能力選擇不要後代，我也有能力選擇自我了斷。減法很難的，特別是在國家一直繁榮昌盛的時候。我先是退學，我不上學了，很早就不上學了，我不看傻屄老師那個不懂裝懂以為自己是上帝加警察加家長加正義化身的二逼樣子了。我從來沒有正經工作過，有誰沒遇上過智商和情商都為負數的老闆嗎？沒有。我不跟這些老闆幹了，我也不當這樣的老闆。至於女人，你知道的，我已經覺得麻煩，我鬥不過她們。我喜歡好的女人，好的女人的標準是有能力傷害男人。在動物界，女人是進化最完美的。你沒覺得嗎？佛都是按照美女雕的，最後添上兩撇鬍子。多數男的就不行了，他們多數是『站豬』。我漸漸連有些朋友都不見了，他們抱着他們自己那點東西，幾十年了，我見他們一百次和見他們一次一樣，一樣無趣。你知道嗎，人如果無趣，還不如去死。人一輩子，可以沒有目標，啥都沒做成，但是要有樂趣。你知道人很難做減法的根源是甚麼嗎？是人覺得生命可以無限延續，長命百歲。還有比這個更傻的嗎？人必有一死，一死之後，死前的一切歸零。與其被老天逼着做減法，不如自己先做。你知道嗎，我現在連古玉都想做減法了。我打包給你好不好？中國文明靈魂級的物件兒，沒有其他物件兒可以與之比擬，世界上也沒有其他文明有其他物件兒這樣深的和靈魂糾纏。便宜啊，真便宜。外國人只能明白中國瓷器。近三百年的世界又是外國人的，他們有定價權，結果中國玉器竟然比瓷器便宜，匪夷所思，沒有天理。你要不要，一槍打，你就進了世界範圍內古玉收藏一百強了。我要是能捨得玉，我的減法就做到家了。」

拾得說：「我現在還是覺得女生摸着比玉摸着更滑、更暖和。」

寒山說：「幼稚啊，禽獸啊。你這輩子會吃女人虧的。」

拾得說：「你做玉的減法，全部藏品都轉給我嗎？」

寒山說：「我留下十來件兒吧。」

拾得說：「十來件兒最差的？」

寒山說：「十來件兒最好的！你以為我是佛啊，你們全家都是佛！」

那天，回到住處，躺在床上，寒山的酒醒了一點點，想把外衣脫了，睡着舒服些。他整理了一下衣服口袋：一個勺子、五個打火機、一把牙籤、一個小酒杯、還有半根小黃瓜。寒山把這些東西都扔了，嘴裏唸叨：「我那個小小的東漢的工字玉珮呢？被哪個丫頭片子搶走了？還是我送給了她？」

10、寒山

寒山問拾得：「你這次怎麼這麼晚？怎麼還不到？這麼好的威士忌已經開到第三瓶了，你在哪兒啊？」

拾得的手機響了，響了幾下，沒人接。然後竟然是這個時代正常人類不用的留言提示，寒山在微醺中給拾得留下了上面的語音。

寒山痛恨高新科技。電腦熱的時候，不用電腦，常年訂閱幾份報紙，信息來自對新聞報道的反向閱讀，新聞上闢謠就說明肯定會發生，新聞上痛罵就說明這人是好人。智能手機熱的時候，用個黑白屏幕的手機，「我都學會發短信了，還要我怎麼樣？」寒山的智能手機是最近換的，微信是最近裝的。破網戒的唯一原因是實在打不着車，只好用打車軟件，要用打車軟件，只好用微信支付，要用打車軟件和微信支付，只好用智能手機。

寒山乾掉第三瓶威士忌之後，中醺，上了趟洗手間。尿有點黃，地板有點軟，心中一股惡意上湧，從洗手間出來，回到桌邊，沒坐下，雙手扶着椅背，屁眼兒朝着餐廳門口，大聲說：「臭×子！臭傻屄！你媽媽小的時候，常在河邊溜達，看到了前門樓兒，想起了你的家啊。回家了，看媽啦。除了，臭×子，臭傻屄，都散了，散了。臭×子！臭傻屄！留下，別走啊。」

寒山在床上仰面平躺，酒後夢境容易比較美好，左手一個握豬，青白玉，漢八刀，右手一個握豬，青白玉，漢八刀。寒山正夢到自己一身金縷玉衣，等待入夢飛升，玉衣的腹部做得不夠隨形，穿着有些緊，忽然聽到手機響，有拾得的微信進來，左手一抖，玉豬掉在地上。寒山心一緊，壞了，玉碎了，再配完整一對兒太難了。心一震，瞧這點兒出息，只是一個物件兒，哪來這麼多掛念。心一驚，難道出了啥大事兒，這個玉碎幫我擋了一劫？心一想，沒事，沒聽見玉碰地面的清脆聲響。想起來了，床邊鋪了一個小地毯，就是為了防止喝多了摸玉，掉地下碰壞。寒山在黑暗中斜身下床，手摸到了地毯上的玉豬，手指飛快摸了一遍，沒有手能感到的磕碰，「萬物皆殘，一切必失。這次最多，多條劃痕。」寒山心一平，挪上床，把玉豬塞到枕頭下面，離床邊有一尺多的距離，伸手拿床頭櫃上的手機。

窗外有風過樹梢，連在一起的幾棵樹搖頭擺尾，彷彿一隻被手撫摸着脊背的大花貓。

拾得發過來的微信亂七八糟，並沒解釋為甚麼沒赴今晚的酒局，行文也和拾得平時的風格不一樣：「我最近新配了一個充電器，每次插上它，我的手機就飛起來了，在屋子上空一立方米的空間裏盤旋，像個無人機一樣。我估計是電壓太大，但是用它充電確實也的確是快，半個多小時可以滿血復活。除了低空也要飛行的缺點或者特點之外，另外一個顯著的缺點或是特點是它不停打開各個 app 自己爽一遍，現在發展到給微信聯繫人裏的人偶爾發發表情包。如果你收到我發的莫名其妙的表情包，說明我人機分離，我在睡覺，它在充電並飛行並自嗨中。」

寒山第二天早起在院子裏看樹。昨夜風大，樹掉了一些葉子，新剃了頭，很精神的樣子。他在街頭吃了碗滷煮，一邊吃一邊看朋友圈並逐個點讚，很快發現被一條消息刷屏——

> 拾得，色情作家、詩人、古器物愛好者、婦科博士、管理顧問、醫療投資人，今日凌晨心梗去世。

寒山付了滷煮的錢，擦擦嘴和手，給拾得發了個微信：「有傳說你離開地球了？請確認。」

拾得沒回覆。

帝都在靠近黃昏的時候起了霾，寒山估計，PM2.5 迅速從一百多升到兩百多。寒山的鼻子能分出 PM2.5 一百、兩百、三百，再低或者再高就分不出來了。比三百再高，就是一股子簋街後半夜的燒烤味兒，右手總下意識去抓烤串。

寒山的手機響，拾得的微信：「我想不出如何死痛苦最小，但是我發現我控制欲越來越強、控制力越來越好。我知道，想明白和真的能做到是兩回事兒，所以我就開始自己練習明白之後的自我控制，比如說，不起念頭。這個還在練習中，做得還不是太好，我估計是我不起念的這個念頭和控制起念的硬件有關聯，甚至可能是相互包含。我太姥姥給我留下一掛念珠，幫了我一些，念起時，一摸，念就掉了，彷彿天上下雨，雨滴掉了，不知道到哪裏去了。在練習過程中我掌握了控制心跳和呼吸，我可以輕鬆讓心跳從平時的一百一十下每分鐘在一瞬間降到六十下每分鐘，我還可以在夢裏控制呼吸次數和不打呼嚕。我最近有點累，每天都有幹不完的好玩兒的，但是一點都不開心，似乎所有大事都想得明白，但是所有小事都過不去。太多信息進來出去，處理完又有更多的湧進來。太多決策，做了，更多的又湧進來。每到下午五六點鐘，我就覺得自己快斷電了，想躺在沙發上，腳在一側扶手，頭在另一側扶手，身體彷彿被耗乾的電池一樣充一下電。我做了一個決定，我就着今天的累，我索性做個探索，我在夢裏探索一下讓心跳跳到最慢、讓呼吸降到最慢，索性停一下，都停一下，停到第一次心跳之前、第一次呼吸之前。或許這樣能徹底放鬆。我醒了之後就去找你，八點左右吧，應該能趕上你第二瓶威士忌的瓶底。如果我在夢裏沒控制好，你會收到這個微信。你收到這個微信的時候，我已經在另外一個世界了。這次，我比你早到，我先點好菜，我等你。」

這條微信後的第三天上午八點，拾得追悼會在北京西郊八寶山殯儀館東禮堂舉行。寒山反正每天早上都睡不着，天一亮就醒，掛再厚的窗簾也沒有用，所以也去了。

從八寶山地鐵口出來，路邊揪了把野草和幾朵比野草花不了多少的野花，拎在手上到了殯儀館。花圈如海，人如織，車如蝗蟲。寒山看了一眼拾得的遺體，躺在花海中間，除了很長時間不眨眼，無法判斷是真死還是裝死還是裝得太像了。

寒山鞠躬完畢，出門。其他早些鞠躬完畢出來的人在陽光下黑西裝飄飄，抽煙，寒暄，彼此慨嘆：商業計劃寫好了吧，這輪融資打算找哪些好騙的投啊？房價這麼高，怎麼收場？人民幣兑換美金，真要貶到改革開放初的水平？外匯券會不會再次流通？我們這輩子是怎麼了，都知道難免輪迴，但是這輪迴也太快了吧？

這條微信之後的一週，寒山收到了拾得最後一條微信：「在我現在的這個世界裏，我駐在我前世的大毛怪裏。我前世的大毛怪牽着我，雞雞不知道哪裏去了，我看不到它了。終於，手淫不是一項體育運動了。」

附錄一、寒山的普魯斯特問卷

1、你認為最完美的快樂是怎樣的？

答：將幾乎不可能的事情做成了。

2、你最希望擁有哪種才華？

答：能熟練地運用多種語言。

3、你最恐懼的是甚麼？

答：遭遇大地震或龍捲風。

4、你目前的心境怎樣？

答：既無大喜，亦無大悲。

5、還在世的人中你最欽佩的是誰？

答：我稱他大鬍子，就是艾未未。

6、你認為自己最偉大的成就是甚麼？

答：至今喝掉的各種美酒大概能盛滿一個泳池。

7、你自己的哪個特點讓你最覺得痛恨？

答：內心時常變得陰暗。

8、你最喜歡的旅行是哪一次？

答：澳門行。

9、你最痛恨別人的甚麼特點？

答：油滑、下作、刁蠻、髒臭、不要臉。

10、你最珍惜的財產是甚麼？

答：收藏了一些精美的古物。

11、你最奢侈的是甚麼？

答：在世界各地的賭場裏小賭怡情過。

12、你認為程度最淺的痛苦是甚麼？

答：得了痔瘡。

13、你認為哪種美德是被過高地評估的？

答：愛情。它基本屬於動物。

14、你最喜歡的職業是甚麼？

答：園丁。

15、你對自己的外表哪一點不滿意？

答：哪都不滿意，除了眉毛。

16、你最後悔的事情是甚麼？

答：早年沒有遠走高飛。

17、還在世的人中你最鄙視的是誰？

答：厚顏無恥之徒，包括一些演藝界的戲子。

18、你最喜歡男性身上的甚麼品質？

答：言而有信，幽默睿智，豪爽大方。

19、你使用過的最多的單詞或者是詞語是甚麼？

答：臭傻屄。

20、你最喜歡女性身上的甚麼品質？

答：趣味高，性情好。

21、你最傷痛的事是甚麼？

答：親人離逝。

22、你最看重朋友的甚麼特點？

答：有趣、有才、有情、有義。

23、你這一生中最愛的人或東西是甚麼？

答：父親。

24、你希望以甚麼樣的方式死去？

答：暴死，或上吊。

25、何時何地讓你感覺到最快樂？

答：等待一筆巨款入賬的時候。

26、如果你可以改變你的家庭一件事，那會是甚麼？

答：移居海外。

27、如果你能選擇的話，你希望讓甚麼重現？

答：有幾個人能夠復活。

28、你的座右銘是甚麼？

答：「活着的人好好活着，別指望大地會留下記憶。」這也是家父的詩句。

附錄二、拾得的普魯斯特問卷

1、你認為最完美的快樂是怎樣的？

答：寫完一部好長篇小說後，和一個好姑娘分一瓶好紅酒。

2、你最希望擁有哪種才華？

答：歌唱。

3、你最恐懼的是甚麼？

答：沒有。

4、你目前的心境怎樣？

答：也無風雨也無晴，同時心存歡喜好奇，同時心裏還是會偶爾焦急、鬱悶、忙碌。

5、還在世的人中你最欽佩的是誰？

答：我爸。

6、你認為自己最偉大的成就是甚麼？

答：寫了《不二》。

7、你自己的哪個特點讓你最覺得痛恨？

答：不喜歡意外的變化。

8、你最喜歡的旅行是哪一次？

答：沒差別。

9、你最痛恨別人的甚麼特點？

答：不獨立。

10、你最珍惜的財產是甚麼？

答：創造力和見識。如果非要選一個，就選創造力。

11、你最奢侈的是甚麼？

答：基本上按自己的自由意志活到了今天。

12、你認為程度最淺的痛苦是甚麼？

答：早起。

13、你認為哪種美德是被過高地評估的？

答：貞潔。

14、你最喜歡的職業是甚麼？

答：國家圖書館館長。

15、你對自己的外表哪一點不滿意？

答：沒六塊腹肌。

16、你最後悔的事情是甚麼？

答：沒有。

17、還在世的人中你最鄙視的是誰？

答：沒有一個，是一類人，那些損人不利己的人。

18、你最喜歡男性身上的甚麼品質？

答：有趣。

19、你使用過的最多的單詞或者是詞語是甚麼？

答：的。

20、你最喜歡女性身上的甚麼品質？

答：聰明、淫蕩、愛笑。如果非要選一個，就選聰明。

21、你最傷痛的事是甚麼？

答：篳路藍縷起高樓，轉眼樓塌了。

22、你最看重朋友的甚麼特點？

答：三觀正。

23、你這一生中最愛的人或東西是甚麼？

答：太多了，所以沒有最。

24、你希望以甚麼樣的方式死去？

答：喝瓶香檳，讀本書，困了，睡了，死了。

25、何時何地讓你感覺到最快樂？

答：醉後從心海裏撈得好詩句，儘管有人不認為那是詩句。

26、如果你可以改變你的家庭一件事，那會是甚麼？

答：少些東西。

27、如果你能選擇的話，你希望讓甚麼重現？

答：高古的審美再次進入當下的日常：佩高古玉，用宋元茶盞喝茶，用唐宋硯寫毛筆字，北京被毀的廟宇重現，四百八十寺，百步一廟。

28、你的座右銘是甚麼？

答：不住輪迴，不住涅槃。睜開眼，又賺了。

附錄三、寒山拾得問對

昔日寒山問拾得曰：世間有人謗我、欺我、辱我、笑我、輕我、賤我、惡我、騙我，如何處置乎？

拾得曰：只是忍他、讓他、由他、避他、耐他、敬他、不要理他，再待幾年你且看他。

寒山雲：還有甚訣可以躲得？

拾得雲：我曾看過彌勒菩薩偈，你且聽我唸偈曰：

老拙穿衲襖，淡飯腹中飽，

補破好遮寒，萬事隨緣了。

有人罵老拙，老拙只說好，

有人打老拙，老拙自睡倒。

涕唾在面上，隨他自乾了，

我也省力氣，他也無煩惱。

這樣波羅蜜，便是妙中寶，

若知這消息，何愁道不了。

人弱心不弱，人貧道不貧，

一心要修行，常在道中辦。

世人愛榮華，我卻不待見，

名利總成空，我心無足厭，

堆金積如山，難買無常限。

子貢他能言，周公有神算，

孔明大智謀，樊噲救主難，

韓信功勞大，臨死只一劍，

古今多少人，哪個活幾千？

這個逞英雄，那個做好漢，

看看兩鬢白，年年容顏變。

日月穿梭織，光陰如射箭，

不久病來侵，低頭暗嗟嘆。

自想年少時，不把修行辦，

得病想回頭，閻王無轉限。

三寸氣斷了，那時哪個辦？
也不論是非，也不把家辦，
也不爭人我，也不做好漢。
罵着也不言，問着如啞漢，
打着也不理，推着渾身轉。
也不怕人笑，也不做臉面，
兒女哭啼啼，再也不得見。
好個爭名利，須把荒郊伴，
我看世上人，都是精扯淡。
勸君即回頭，單把修行幹，
做個大丈夫，一刀截兩斷。
跳出紅火坑，做個清涼漢，
悟得長生理，日月為鄰伴。

做鴨的男人

1

「大東，我賭你這家店半年起不來。」美食評論家小歡胖看着正在裝修的上萬平方米的體育場烤鴨旗艦店，搖了搖頭，對大東說。

「為啥這麼說？」大東站在小歡胖旁邊，比小歡胖高出一個頭，和小歡胖一樣胖，佔地和小歡胖類似，問。大東的兒子小大東站在大東的另一邊，和大東一樣高，但是瘦了一大圈，他看着正在裝修的烤鴨旗艦店，似笑非笑，微皺眉頭。

「原因太多了。八項規定的影響力越來越大，沒了公款吃喝，自己掏腰包，誰還出來吃燕鮑翅、吃海參烤鴨啊？你這裏裝修得彷彿中國山水畫兒似的，這麼大草坪，還花，還樹，還流水，還詩歌，還雕塑，浪費多少錢啊？維護成本多高啊？折舊成本多高啊？屌絲看得懂嗎？照着巨然《秋山問道圖》的意境裝修？哥哥，醒醒，改革開放過了三十年，我們還沒實現中國夢。小大東，你在歐洲那麼多年，你爸常說，你把上學的錢都去泡餐廳了，你把泡妞的時間都去泡餐廳了，你見過體積這麼巨無霸、裝修這麼高大上的餐廳嗎？」

「沒。」小大東穿着中性的藍色衣服，腰身剪裁得很貼身，左胸上繡了一朵極小的白蓮花，隱隱看得到衣服裏起伏的肌肉。

「如果你輸了怎麼辦？如果三個月起來了呢？」大東問小

歡胖。

「如果你輸了怎麼辦？」小歡胖反問。

「如果你贏了，終生免單，吃到你不想吃都不停止，你女兒也終身免單，你女兒如果活得比我長，小大東就繼續履行這個義務，繼續請你女兒吃烤鴨。如果你輸了怎麼辦？」

「大東，你不要因為小大東在旁邊就磨不開面子。很多牛屄人都是因為過分追求牛屄而成為傻屄的。大東，你不要這麼衝動。」小歡胖勸大東。

大東問小大東：「你覺得這個店三個月能起來嗎？」

小大東不說話，望着北京秋天裏葉子開始泛黃的楊樹。楊樹之外的體育場上，一些很早吃完晚飯的大媽們開始陸續聚集，伸胳膊、壓腿，安放好喇叭，準備跳舞。

大東繼續問小大東：「不要用腦子算數，你也算不清楚。用肚子、用腳後跟想想，你覺得這個店三個月能起來嗎？」

小大東說：「別說我不清楚算數了，我都不清楚為甚麼要有烤鴨這種菜存在。皮下面全是油，白白一層，還能再不健康點嗎？這個店要是火了，意味着北京甚至中國又多了好些高血脂的胖子。」

「如果你輸了怎麼辦？如果這家店三個月起來了怎麼辦？」大東面無表情，轉向小歡胖，重複之前的問題。

「如果我輸了，我進鴨房，免費給你做徒工，替你這家旗艦店收拾一週鴨下水。」小歡胖說。

天色暗了，路燈亮起，大媽們的廣場舞開始了，「套馬的漢子你威武雄壯……」，月亮斜掛在楊樹樹杈上，彷彿一片微微發光的塑料布。

2

大東走進奮鬥湖老烤鴨店，穿過忙而不亂的後廚，走進後廚上面搭建的經理室。

大東第一次做餐館的總經理，就是在這個老烤鴨店，第一個辦公室，就是這個七八平米的經理室。後來開店越來越多，但是辦公室一直沒換過，沒事的時候，總是在這個堆滿各種食譜和獎杯的小屋裏待着。

大東瞇着掃了一眼經理室裏擠坐着的五個海參供應商，都是女的，都是濃妝、濃香、濃密長髮、濃色美衣裳。五個大塊頭美女擠坐在窄小的空間裏，彷彿一個不大的陶土花瓶裏插滿了牡丹花和芍藥花。大東嘴角嘟囔一句：「你們賣完我海參，就都去拍新版《西遊記》嗎？」

大東問身邊坐的中年婦女：「八姐，你就因為這幾個女的，惹惱了老段？」

「老段越來越老，鬍子都白了，脾氣越來越大，估計從咱家掙到了一輩子都花不完的錢，説話有底氣了。我一説別家的海參比他家的便宜多了，他就用眼白看我，解釋都不解釋。真想抽他。我把他説急了，他最多説一句：大東的意思是甚麼？你説，你把採購交給姐姐我，不就是要我有點做主的權力嗎？我就和老段説，我的意思就是大東的意思。你説，咱家除了烤鴨，當家菜就是海參，海參的銷售額佔總銷售額的百分之二十。過去十年，老段幾乎是獨家供應，咱家讓老段掙了多少錢啊？再説，老段家的海參不僅貴，還小。咱家的店越來越大，這麼小的海參多不體面啊！」

「這幾個女的，你怎麼認識的？」

「她們上門來，都説認識你。」

「你怎麼知道她們認識我？」

「她們都知道你叫大東，還知道你生日，還知道咱家小時候住的平房後面住着一個寡婦。」

「八姐，除了橫着膀子晃之外，動動腦子。全北京市一半人都知道我叫大東，五年前我這個大腦袋就做成霓虹燈，樹在這個老烤鴨店的樓上了。我接受過很多媒體訪談，網上一搜，就能知道我生日是哪天。另外，我這個年紀，小時候誰家鄰居裏沒個把寡婦？這樣，你別當採購中心主任了，我先兼着，你先管安全保衛、交通停車吧。」

大東接着問五個供應商：「你們説我該買你們誰家的？」

一身粉紅的女人飛快接話：「您會買我家的。」

「為啥？」大東斜看了一眼，粉紅女人的胸真大。

「我家的貨便宜，她們賣多少錢，我就比她們便宜兩成。」

「為啥？」大東又斜了一眼，胸真的很大，而且罩杯自然，似乎天成，沒動過刀。

「我想認識您，我不在乎一時的賠賺。您家現在海參賣得多，用了我家的海參之後，會賣得更多。我先讓您用習慣了，然後您就離不開我了。到那時候，我再考慮掙錢的事兒。」

大東沒直接回答，看了看五個女人手邊的海參，問八姐：「八姐，今天送來的海參都這麼大、顏色這麼淺？」

「有個小姑娘送的個頭比老段家的還小，但是比老段家的還貴，而且脾氣更大，我問她為啥這麼小，她連解釋都不解釋，就把貨裝起來了。」

「她人呢？」

「走了。」

「去追回來，我在這兒等着。」

八姐追回來了一個沒化妝的女人，個頭很小，短頭髮，薄嘴唇，奶更小，吸氣時隱約可見，呼氣時隱約不可見。

大東問粉紅大胸：「你家海參哪裏產的？」

「日本產的啊。您不是只用日本產的海參嗎？」

「我為甚麼只用日本產的海參？」

大胸想了想：「您這兒日本客人多？」

「不是。」

另外四個濃妝女人中的兩個齊聲猜：「您哈日？您小時候看日本成人愛情動作片長大？」

「你們全家都哈日。」

大東問小胸女人：「你的海參哪兒的？」

「山東煙台長山列島的。」

「確定？」

「為啥要騙你？」

「不是日本的？」

「不是。日本的比我的大，刺比我的少，刺也沒我的突出。日本的海參脆，煙台和大連的海參糯。」小胸女人掃了眼其他人的海參，說：「這些連日本的也不是。這些都是暖水海參，冷水海參不會這麼大、刺這麼少。」

「怎麼就你賣得這麼貴？」

「因為我的海參不攙鹽，份量真。」

「能保證供應量嗎？」

「不能。自古美食講究就地取材，如果煙台海參和大連海參能保證供應，你一個做魯菜的館子為啥要買日本海參？」

「好。你有多少這個品質的海參我都要了，這個春節前不能賣給其他人，尤其不能賣給其他北京館子。」

「好。你邏輯不對，不能賣給其他人就包括了不能賣給其他北京館子。」

「你叫甚麼名字？」

「幹嗎？」

「認識一下。」

「我叫靈楠。」

3

奮鬥湖老烤鴨店經理室，打烊前，大東喊來主廚：「王剛，我 3 月去武漢參加全國廚師大賽，參加兩項賽事，涼菜組和熱菜組，必須拿兩塊金牌。你想想咱們做啥菜、武漢那邊原材料和傢伙滿足得了嗎等等。」

「必須的，師父。您都在北京市拿金牌了，北京是首都，全國地圖上只有北京是顆五角星，其他城市都是一個圓點。您是大東，全國比賽，咱們必須兩塊金牌，否則丟不起這人。」

「做廚師的都知道，七分食材三分手藝。我的手藝一直沒生，剩下的就是食材、食材、食材。你好好想想食材用啥，然後我們好好討論一下做啥菜。意境、擺盤，你就別操心了，美感這事兒，天生的，後天培養不來，你天生沒有。」

4

春節，年三十，大東烤鴨體育場旗艦店開業。門前車如流水，人如游魚。

大東一頂純白廚師帽子，一身純白主廚衣服，衣服上兩排金鈕子，站在店門前，笑着迎接所有來的客人。

小大東問：「爸，天這麼冷，您在門口站着，會凍壞的。再說，都甚麼年代了，您都甚麼身份了，還自己迎客？要不，您再吼兩句，『劉爺，您來了？裏邊請。』要不，我也站門口吧，我全脫了，就剩一個紅內褲，我一身肌肉，六塊腹肌，或者我再喊來幾個和我一樣一身六塊腹肌的小夥伴兒們一起赤裸上身，見着女的，無論老幼，就喊，姐姐，您來了？裏邊請。您看如何？」

大東看了一眼小大東，收斂笑容，說了一個字：「滾。」小大東一溜側手翻，翻出餐廳外。

一桌桌的客人開始在熱氣騰騰的餐廳裏吃起來，敬酒、聊天、笑。

大東站在店門內的落地玻璃牆前，看着門外的院子。院子裏白雪鋪地，白雪裏不動的雕塑、微動的樹和灌木。

大東的手機響起，小歡胖的聲音：「大東，你贏了，你的體育場旗艦店爆了。我打了三天電話，想在春節期間訂一間包房，唐經理都說沒有。我說，大美女小唐啊，是我，小歡胖。唐經理說，沒有包房。我說，是我，小歡胖，三十兒晚上不行，初一總可以了吧？唐經理說，整個春節都沒有。我說，那怎麼在春節期間能有個包房，讓我一家人開心吃頓大東烤鴨呢？唐經理說，不知道。她還說，她追了一年的男模男友說，如果她能幫訂到一間包房，就讓她睡一整晚，但是她還是訂不到。大東，你的店火了，我輸了。」

大東笑着說：「小歡胖，你來吧。」

「太好了，你能給我找到包房？那我面兒就大了，我和我岳父岳母吹了半天牛屄了，他們從河南駐馬店趕來北京，第一次在北京過春節，說一定吃吃傳說中的極品烤鴨。」

「你輸了，你來吧。你來我這裏過一個有意義的春節，你來體育場旗艦店的鴨房整理一週鴨下水吧。」

5

小歡胖在鴨房撅着屁股整理鴨下水。大東路過，拍了一下小歡胖的屁股，對小歡胖笑了一下。

「我不明白啊，你怎麼贏的啊？」

「因為我相信我會贏，而且我也不能輸，我輸不起，我有這麼多店要撐着、這麼多人要養着、這麼多年的面子要托着。因為我相信人是要吃喝的，不能公款吃喝了，過了一陣，再過一陣，就會自己掏腰包吃喝了。沒了公款，或許吃的頻率低了，但是北京太大了，人太多了，每人一個月出來吃兩次烤鴨，就夠我用的了。沒了公款，人們吃得更挑了，但是我是大東，我不怕人挑，因為我是最好的，客人越挑剔越對我有利。春節期間，不走的員工工資加三倍，我不陪父母和家人，我陪他們一起，我也哪兒都不去。旗艦店開業前後，我一直釘在這家店裏，吃住都在這家店裏，每天晚餐時間，我站在店門口迎客，從五點半到七點半，客人是我的恩人。另外，開業以來，其他幾家店不惜一切挺新店，包房只開一半，對外都說包房滿了，讓客人去旗艦店，客人嫌遠，就安排大巴接送。我學了管理學，這叫飢渴營銷，這叫利用已有資源培育未來之星。這些做到，我想輸都輸不了吧？」

6

小歡胖在鴨房撅着屁股整理鴨下水。

唐經理踩着梯子掛一張張豪商巨賈、達官名人和大東的合影，這些人和大東的鴨子的合影。

小歡胖在鴨房撅着屁股整理鴨下水。

八姐在停車場指揮交通，「車位滿了，都滿了，您下車，車鑰匙留在車上，我安排給您停別處。您放心，您吃完再給您開回來，比您自己開還省事。」

小歡胖在鴨房撅着屁股整理鴨下水。

大東到處敬酒，大東被反覆回敬酒，大東抱着店門口的大樹，想吐，看着周圍攙扶着他的徒弟們，把要吐出來的半口又嚥回肚子裏，整理了整理白衣白帽，大聲讀詩：

醉鬼

醉鬼

醉歸

明月隨我

一去無回

小歡胖在鴨房撅着屁股整理鴨下水。

南鑼鼓巷附近某四合院精品酒店，大東巨大的身體蜷在師妹孫橫波不大的身體上，睡着了。孫橫波摸着大東的頭，對着大東睡着了的耳朵小聲説：「我知道你累了，還沒睡我就自己睡着了，手還沒夠着我的胸就睡着了，快睡吧，你是真累了，我知道你有多辛苦。我倆一起和師父魯菜王學做菜的時候，你就酷愛追求牛屄，再苦再累你都要『第一唯一最』。第一牛屄，唯一牛屄，最牛屄，最後把自己累死。你記得你第一次睡我之後，你問的是甚麼嗎？你問我，你牛屄還是師父牛屄。我說你力氣大，師父經驗足，然後你就生氣了。我安慰你說，這樣吧，以後你每開一家大東烤鴨店，我就來讓你睡一次。你開在豐台，我就來北京，你開在曼哈頓，我就來紐約，你開在長城科考站，我就來南極。這家店是你開的第幾家店了？你累得更快了。你現在像師父似的了，力氣小了很多，經驗多了很多。我還勉強算是風華正茂，畢竟我比你小十三歲。你好好睡吧。明天，還有那麼多人等着吃你的鴨子呢。明天，還有我等着吃你呢。」

小歡胖在鴨房撅着屁股整理鴨下水。

大東眼睛都沒睜開，伸手摸孫橫波的奶，沒摸到奶，摸到了孫橫波垂在奶前面的黑滑的頭髮，摸了摸，又睡着了，睡着前客氣了一句：「謝謝你洗了這麼好的頭髮來看我。」

小歡胖在鴨房撅着屁股整理鴨下水。

大東被敬酒，被狂誇。「大東，我就喜歡你的鴨子。河南我最富，河南我最大。去河南開吧，開世界上最大的餐廳。你要幾萬平方米就給你幾萬平方米，你要幾層樓就給你幾層樓。你喜歡雕塑，體育場上就放雕塑——小兵張嘎！南征北戰！天女下凡！裝修錢我出百分之六十你出百分之四十，掙了錢，全是你的，你給我銀行利息就好。」

小歡胖在鴨房撅着屁股整理鴨下水。

大東被河南老闆拉進洗浴中心，送進包房，小聲對大胸職業婦女說：「今晚，你讓他出水兩次，我給你十倍小費。」然後關死門，走入旁邊的包房。

小歡胖在鴨房撅着屁股整理鴨下水。

大東的老爸老大東在家，坐在桌子旁，老媽和八個姐姐都在，給大東留的位置空着。二姐姐嘟囔：「說好初五回家吃的，這都九點了。」二姐抓起手機，老大東伸手按住：「我睏了。人老了，睏得早，你們吃吧。誰也別給他打電話，他忙，我們都不要麻煩他。我先去睡了。」

小歡胖在鴨房撅着屁股整理鴨下水。

大胸職業婦女用胸蹭大東的胸，用手指摸大東的胸凸。大東在洗浴中心的包房裏按住大胸職業婦女健壯的雙手，說：「妹妹，我喝多了，但是我真沒醉。你真別弄我，我出去一定說，我出了三次水，我爽死了，我還會小聲叫喊，他們在外邊或者隔壁能聽到。我從小自摸，出水和小聲叫喊都是長項，我行的。但是你真別動我，真不行。」「為甚麼不行？你嫌我髒？要不要我給你看我的體檢證明？」「不是，不是。」「為甚麼不行？你怕癢癢？我可以躲開癢癢肉。我很會的，會讓你好舒服的，你放鬆就好，別攔着我就好。」「不是，不是。我有職業操守的。」「好，我不動你，你別把自己憋壞了就好，這麼大個子，憋出腦梗塞、憋出心肌梗塞多不好啊，大過節了，不景氣。酒後憋着不亂性，傷身體，我們經理告誡我們好多次了，讓我們轉告喝多了的客人。老闆，你做啥職業的啊？這麼大個子，還挺嬌羞，還職業操守？」

「我是做鴨的。」

7

武漢，某五星賓館。大東仰面躺在床上，斜眼數對面樓上亮着燈的房間：一間、兩間、三間、四間。後來，所有房間都熄燈了，沒一盞燈亮着。

大東還是睡不着，斜眼數窗戶裏的星星：一顆、兩顆、三顆、四顆。後來，來了整團的雲霧，遮住了所有的星星，一顆也看不見了。

大東開始盯着天花板數綿羊，很快綿羊就變成了他最熟悉的鴨子：一隻鴨子、兩隻鴨子、三隻鴨子、四隻鴨子。

大東不知道他為甚麼睡不着。店開一家火一家，家裏從父母到老婆都不麻煩他，八個姐姐都一如既往地寵他，九個徒弟都能為他拚命。明天上午全國比賽兩場賽事的菜品也準備好了，河豚欲上和群鶯桃花蝦。河豚欲上是個涼菜，群鶯桃花蝦是個湯菜。在烹飪比賽中，湯菜最討巧，因為最不容易讓人挑出毛病。湯菜最大的難點是湯。清水一樣的湯，鮮味兒隨着時間劇減。必須算好甚麼時候要這個湯，時間精確到分鐘。這個事兒已經周密安排了，包括十個小時前湯在孫橫波的店裏先煮上，在甚麼時候如何運到賽場，如果交通出現問題，應急預案是甚麼。

孫橫波比大東小十三歲，長得俊秀，和大東前後腳拜號稱魯菜王的王顯貴為師。孫橫波長得太俊秀，不知道是師父沒忍住還是孫橫波沒忍住，反正兩人睡了，被師娘發現了，拎着菜刀追了三條街。孫橫波在北京混不下去了，去了武漢，和大東一年見一兩面，每次都喝醉，每次醉了都哭：「師兄，不是你告訴我的嘛，要想學得會，先和師父睡？你這個騙子！」

大東繼續數鴨子，數着數着，他看到了另外一個星球。在那個星球上也有餐廳，餐廳裏吃飯的不是人，全是鴨子。在那個星球上，鴨子統治，鴨子們在餐廳裏吃人，鴨子們在烤人餐廳裏吃烤人。在烤人爐子裏，一個長得非常像大東的人被放在火上烤，一個長得非常像小歡胖的鴨子在廚房操作間裏撅着屁股整理人下水。

大東在凌晨三點半吃了第一片舒樂安定，凌晨四點第二片，凌晨四點十五第三片，凌晨四點半第四片，凌晨四點四十第五片。五點左右，大東終於離開了鴨子星球，意識進入了無何有的世界。

五點半，徒弟王剛狂搖大東：「師父，大事不好了！大事不好了！」

大東兩手五指叉開，上下拉開雙眼眼皮：「說，甚麼大事？」

「今天早上，我們跑遍了武漢各個菜市場，找不到做桃花蝦能用的蝦！所有的蝦背後都有那條黑黑的蝦屎！」

大東一腳把王剛踹出房間門：「你媽！你媽的蝦！你知道我昨夜怎麼才睡着的嗎？」

8

早上六點，王剛一瘸一拐又進來了，狂搖大東：「師父，這次真是大事！大事不好了！」

大東咬牙半坐起來：「說。」

王剛拉開一點和大東的距離，手護着襠部，這樣再被大東踹，不會被踹得太狠：「孫橫波的店門關着，孫橫波不接電話，孫橫波手下的手機都關機了，我們昨晚開始燉的群鶯桃花蝦的湯很可能沒有了！」

大東瞬間清醒了很多，抓起電話撥孫橫波，電話通了，被掐斷，大東再撥，又通了，又被掐斷。

王剛接着說：「還有，前兩天反覆說好的河豚賣家今天在早市不見了，手機關機，其他家的小河豚都被買光了。河豚欲上這個菜要的那種薑和山野綠菜到處都沒有，賣菜的說，早市一開就被人都包圓買走了，我們河豚欲上這個菜沒有河豚也沒有配料了，上不成了！」

大東打開行李箱，從一箱廚師刀裏抽出一把，一刀插向大腿內側。刀尖沒入，血流出來。大東握着刀把子，再扭一下，更多的血流出來，人清醒了。

「王剛，除了你和我，誰還知道我們要做河豚？」

「沒人啊！這點風險意識我還是有的！」

「你再想想。」

「小歡胖。他不是認識所有評委嗎？他昨天晚飯前打來電話，說您肯定得獎，說他要寫一篇萬字雄文誇獎您，題目就叫，《從古至今最有名的大師傅》。所以他想提前知道咱做啥，這樣今天咱獲獎之後，他今天就把文章趕出來，明天就登報紙，搶新聞。小歡胖說，一篇文章就能把您釘在烹飪史上了，地位再也不可撼動了。我聽了可替您高興了，就告訴小歡胖了。」

「小歡胖，我操你媽。」大東從大腿上拔出刀，飛快穿上褲子。

大東帶着幾個徒弟衝上街頭，肉身攔住遇上的第一輛廂式貨車，把司機從駕駛室裏扯出來，塞給他一厚疊現金，和司機一起奮力清空貨箱。王剛坐上駕駛位，飛車而去。

王剛盡量快開，車在早晨的街道上竄來竄去。

車到了一個巨大的菜市場，大東跳下車，一邊小跑，一邊抓食材，一邊對王剛喊，「去買鍋！去買煤氣爐！去買很多小煤氣罐！在貨車裏把鍋支起來！」另外幾個徒弟跟着大東小跑，一邊裝食材，一邊付錢。

王剛向賽場狂開，大東在貨車箱裏處理各種原料。車一直在晃動，大東的刀一直在揮舞，但是刀鋒落下的一瞬間，一切靜止，處理完的原材料，均勻、整齊。

「王剛，把車開進右手那家餐廳！這裏距離賽場最近，你去給老闆錢，今天他的灶台我們徵用了，開足火，熬湯。我們沒有十個小時可熬，我們只有三個小時了，但是我告訴你如何熬，三個小時，我能熬出接近十個小時的味道，快！孫橫波，和師父睡你也學不到這招兒，為啥？師父魯菜王的手藝是師娘的老爸教的，這個絕招兒她老爸沒教給師父，只教給了師娘，讓師娘防不測。但是師娘教給我了。其實老話兒是這麼說的，要想學得會，先和師娘睡。如果師父沒和你睡，師娘也不會和我睡，也不會教給我這個絕招兒。」

9

賽場上，孫橫波的灶台位就在大東左手。孫橫波和大東都在高速操作。

在灶氣的氤氳裏，大東沒看孫橫波，問：「我借你餐館的灶台熬的湯呢？」

「不小心碰灑了。」

「廚子的湯，戲子的腔。我的湯沒了，這麼大的事兒，你怎麼不告訴我呢？」

「昨晚太睏，早早睡了，把這事兒忘了。」

「烹飪比賽金牌又不是一個，師妹這是何必呢？」

「幾個人並列第一，沒啥意思，少一個就多點意思，如果少的是大東，那就更有意思。你不是一直教育我，第一、唯一、最。」

「你和小歡胖關係很好？」

「是啊。昨天我還帶他去洗澡，兩個小妹妹給他雙飛時，我徒弟還給他照了裸照，效果不錯。我問他，大東涼菜做啥。他說不知道。我說相信他能知道，否則裸照就會到他老婆手上。然後他就知道了你今天做啥，然後我就知道了你今天做啥。你說，我怎麼就這麼坦誠呢？你是從古至今最有名的廚師，如果同場競技，我得了金牌，你沒得，你說我會不會很開心？」

「咱倆同床睡過啊，一點情誼都不講了嗎？」

「每次睡完，你還是找你老婆去了啊。你非要我說，我要你，我要你和我在一起？我最後還是說了啊，我要你和我在一起，但是你和我在一起了嗎？你說，你怕麻煩。你說，你老婆沒犯任何錯。甚麼頂尖食材不需要喪心病狂地去找？甚麼頂尖美食不需要麻煩？不再愛了，愛不在了，不就是離開的最好理由嗎？大東，你老了，頹了，我上場的時候到了。上次你北京旗艦店開了，我坐了飛機去睡你，你爬上我的床的時候連睡我的力氣都沒有了，你連我的奶都沒摸到就睡着了。第二天早上，我摸了摸你的下體，軟軟的，似乎永遠存在的晨僵沒有了。大東，你老了，頹了，該輪到我了。你説呢？」

灶氣更加濃郁，隱隱約約地只能看到大東和孫橫波穿着白衣的身子一晃一動，從動的節奏能看出來，同出一個師門。

10

小雨。

一地邊攤，一桌，四櫈，大東和兩個徒弟圍坐。徒弟王剛一瘸一拐地拎回一隻土雞，和地攤老闆借了灶，燉雞、煮麵。香氣飄起來，散入屋檐外的雨氣裏。

雨大了些。

徒弟王剛起鍋，給師父大東盛麵，四個人開始吃麵。大東接了一個手機電話，王剛從漏出來的聲音聽到：「兩塊金牌，牛屄啊，大東！」

大東表情沒變，放下手機，繼續吃麵，小聲説：「王剛，你媽嫁給賣鹽的了？這麵真他媽的鹹啊！這是我吃過的最好吃的麵！」

王剛眼裏有淚，小聲問：「師父，咱是不是贏了？是不是兩塊金牌？師父，是不是？」

王剛再看大東，大東表情沒變，右手還半端着碗，左眼淚水流出來，在漫長的一張大臉上流了一大半。人已經睡着了。

11

奮鬥湖老烤鴨店經理室裏，大東和王剛就着一盤宮保雞丁和一盤葱爆牛肉吃白米飯。

「王剛啊，第三次説你了，別和李會計混了。」

王剛沒説話，接着吃，只夾葱爆牛肉。

「李會計有啥好啊？長得比豬八戒他二姨還醜，年紀比豬八戒他二姨還大。」

王剛接着吃葱爆牛肉。

「你跟了我這麼多年，不是和寡婦亂混就是和豬八戒他二姨亂混，也不挑挑？」

王剛放下碗筷：「師父，您説夠了吧？我不想再跟着您幹了。我小時候窮，我沒美感，後天也訓練不出來，我心裏一直裝着個豬八戒，我就喜歡和豬八戒他二姨混。我心裏，我和李會計不是鬼混，是愛。我心裏，李會計美若神仙。」

「你的意思是，你不認我這個師父了？」

「我心裏認，一直認，但是我不能再跟您幹了。不跟您幹了，您也不會認我這個徒弟了。」

「就因為你和李會計的愛情？」

「就因為我和李會計的愛情。」

「好好說話。我知道你有愛情，你嫌我瞧不起你的愛情。但是我和你在一起的時候百倍於我和我兒子在一起的時候，我還不知道你？好好說話，還有甚麼原因？」

「您把我管的全部廚師班都罵寒了心。」

「那是因為他們最近連鹹淡都掌握不好了！鹹淡都掌握不好，還配做甚麼飯！」

「那是您自己連鹹淡都吃不出來了！」

「我？」

「您！那次全國烹飪比賽之後，我們吃的雞湯麵裏，我激動，我忘了放鹽，您說鹹死賣鹽的。」

「我太睏了。」

「那之後您就沒不睏過，就開始說廚師班鹹淡不分。您剛才吃的宮保雞丁，我放了四倍鹽，您吃完了，您覺得鹹嗎？」

大東沒說話。

「我不跟您了，但是我會一直感激您。我發誓，離開後，我絕不碰烤鴨。孫橫波要進京開餐廳，您鹹淡都分不清了，您舌頭不靈了，您拼不過她。她叫我去當她北京店的主廚，還同意我帶上李會計，還分我百分之二十股份。」

大東說：「滾。」

大東的二姐衝進經理室：「大東，家裏人的電話你為甚麼不接？家裏人的事兒都不是事兒？都不是急事兒？都可以等？對吧！爹中風了，倒了，送醫院了，沒意識了，不認人了。」

在去醫院的車上，大東的電話響起，大東看了看，皺了皺眉，接起：「老婆，啥事兒？」

「我知道現在不是個好時候，但是我也不知道甚麼時候是個好時候，或許沒有一個時候是好時候。」

「你想說啥，說。」

「我懷了別人的孩子，我想生下來。」

大東樂了，咧開嘴，樂了：「你知道我爸剛中風昏倒嗎？」

「不知道！你就當我剛才的話沒說，我們之後再商量這個事兒。爸在哪個醫院？我這就趕過去。」

「別去了，我爸的事兒和你沒關係了。」

大東合不攏嘴，接着樂。

12

北京四環外，太陽宮東北，南湖渠。新蓋的高樓林立，剩下幾小片簡易平房，雜樹淩亂，冬天剛過，春天還沒全來。小鴨子大小的喜鵲在雜樹枝杈之間築巢，時去時回，每次起降，枝葉動搖。

一處一間半的簡易平房，老大東躺在外面向陽一間的大床上，大東坐在旁邊。老大東眼睛偶爾能轉，嘴不能言。大東捧着個厚厚的筆記本，小聲嘮叨：「老爸，您還記得這兒嗎？我們小時候就住在這兒附近，也就距離這兒三五百米遠。咱家小時候的簡易房也是一間半，早就被拆了。這邊沒剩幾處這樣的簡易平房了，估計再過三五年也就都拆沒了。我好不容易找到現在這一間半，周圍都是釘子戶，打死不搬遷。還有好幾個老人認識咱。他們都還記得您做的飯，說，您當廠子食堂大師傅的時候，菜，好吃。一個人說，您在家裏做炒疙瘩，油熱了之後，一放葱花，一街香。另一個人說，他們就琢磨啊，您怎麼能做得這麼香呢？是疙瘩不一樣？油溫不一樣？葱花不一樣。怎麼也琢磨不出來。他們還說您愛乾淨，很早就睡，很早就起，起來就打掃，掃完自家門口，掃街道，掃完街道掃公共廁所。您知道我為甚麼把您拉回到老地方嗎？我聽醫生說，最熟悉的地方最容易讓中風之後的病人恢復腦功能，國外治療老年癡呆，都是在老人周圍擺滿他們過去常常使用的東西。過去十年，您不願意麻煩我，見不到我。現在我陪您，我陪您說話，我哪兒也不去了。老爸，您還記得這個厚筆記本嗎？您的。您在裏面記了四千個菜名和極其簡單的做法。我連鹹淡都分不清了，店也不想管了，我陪您回憶回憶如何做這些菜，好不好？我說個菜名，如果好吃，您就轉轉眼珠子，如果特別好吃，您眼珠子就轉得快些。我再講講我的做法，如果大概說對了，您就再轉轉眼珠子。聽懂了？我知道您聽懂了。那咱們開始。鍋塌里脊、滑溜里脊、糖醋里脊。」

老大東的眼睛開始轉，時快時慢。

13

有人敲門，大東沒坐起來，個大臂長，拉開門。陽光先進來，一個小個子女子後進來，陽光之下，她的短頭髮是亮黃的，白襯衫是透明的。

「大東你好。我是靈楠。我曾經賣過你山東長山的海參，很小，刺很多。」

「我記起來了。你今天化妝了吧？一眼沒認出。你來幹甚麼？」

「後來你的店又不進我的海參了，嫌貴，嫌小。我問大東呢，是大東嫌貴嫌小嗎？他們說大東現在不管這些了，大東烤鴨和大東已經沒關係了。我問大東在哪裏，他們不告訴我，但是我自己找得到。」

「哦，你是繼續來賣你的海參的，還化了妝。他們說得對，那些店不是我的店了。」

「我賣海參不化妝，我是來看你的，估計你心情不好，聽我認識的大廚師們說，男廚師都喜歡看漂亮姑娘，看了之後心情就好些。我不算漂亮，但是臨來前幾天，我學了學化妝，聽說化妝能讓女人顯得漂亮些。」

「漂亮姑娘對我心情的作用已經不大了，我站在樓上總覺得陽台下面有漂亮姑娘向我熱情招手，我真想跳下去見見這些漂亮姑娘。」

14

靈楠坐在老大東床頭，拿着老大東的厚筆記本，按照大東定的規則給老大東讀菜名。老大東的眼睛越轉越快。

大東坐在屋子裏的陽光中，看着屋外枝杈間的喜鵲起落，發呆。

靈楠轉過頭，問大東：「你小時候吃過的最好吃的東西是甚麼？」

大東想了想，說：「我老爸做的雞蛋炒米飯。我記得有次我扁桃體發炎，燒了好幾天，終於好了，真他媽的餓啊，我喊，爸，我想吃雞蛋炒米飯。我爸給我做了，我吃了。那碗雞蛋炒飯是真他媽的香啊。」

老大東的嘴裏發出極其輕微的「哦哦」聲。

靈楠把筆記本交給大東，出門去。再回來，帶了炒菜傢伙兒和原材料。

靈楠對着老大東說:「老爸，咱倆一起給大東做個雞蛋炒飯。我就是您的手，主要步驟我做到位了，您就示意我。」

「哦哦。」

油溫到了的時候，下蔥花、下雞蛋、下米飯的時候，該出鍋的時候，老大東：「哦！哦！哦！」

大東抱過盤子，吃了一盤子，打着飽嗝，發呆。

15

「吃飽了？」

「吃飽了。」

「你爸吃甚麼？我吃甚麼？」

「哦。都讓我吃沒了。我有八個姐姐，從小吃飯都是我先吃，習慣了。我再給你炒個菜？」

「不用。」

「那下面幹甚麼？」

「你吃飽了？」

「吃飽了。」

「睡我。」

「甚麼？」

「睡我。既然你沒烤鴨店了，你也沒那麼多女吃貨、女顧客、女文青等等在周圍想睡你了，那就睡我吧。你不用否認，美食評論家小歡胖說，到首都北京，三件事，爬長城、吃烤鴨、睡大東。既然你活着沒啥樂趣了，那就在自絕於人民之前，睡我吧。既然你已經吃飽了，那就睡我吧。」

靈楠牽大東的手進了裏面半間房，裏間和外間沒有門，有半塊垂下來的簾子。大東想起小時候總是在夜晚被老爸操老媽的動靜驚醒，他們就是在這樣的半間房，也是裏間。每次被驚醒，大東都瞇着眼睛看一會兒。黑暗裏，天光裏，老媽的雙腳翹着，咬着嘴唇，不讓自己叫出聲兒來。老爸呼呼喘，屁股起伏，越來越快，然後嗷嗷兩聲，忽然不動，癱在老媽身上。

大東也開始呼呼喘，靈楠也開始呼呼喘，床也開始呼呼喘。

等床、靈楠、大東都安靜之後，大東忽然聽見老大東在外屋喊：「你倆以後小點聲！鄰居聽見有意見！影響不好！」

16

西壩河一個街邊蒼蠅館，老闆在臨街的屋檐下晾臘肉，車輛駛過，塵土飛揚，落在臘肉上。

大東一手拎個箱子，一手牽着靈楠的手，對蒼蠅館老闆説：「聽説您這兒招大師傅，我來應聘。」

「幹過廚師嗎？有廚師證嗎？」

「幹過。」大東遞過他的廚師證。

「我去。你特一級廚師到我這兒幹嘛來啊？你耍我啊。你這證兒海淀黃莊買的吧？我也有好幾個呢。我還有別的，你看，東三省泡妞特別許可證，哈佛考古古墓挖掘專業博士畢業證，中南海懷仁堂帶刀上殿一等侍衛證。」

供貨車停在路邊，兩個髒兮兮的夥計穿着油乎乎的廚師服從車上抬下一大鍋滷味。

「停。」大東從鍋裏拿出一個巨大的滷豬頭，放在桌面上，從自己的箱子裏拎出一把大砍刀。「閃開。」手起刀落，滷豬頭整齊地從中間被一分為二，一邊一隻眼睛、一半鼻子、一半嘴，鼻中隔每邊都有。移開豬頭，桌子上沒有一絲劃痕，只有淺淺的一道滷水印子。

「老闆，這一刀海淀黃莊沒賣的吧？您知道豬頭肉裏哪塊最好吃嗎？」

老闆還沒緩過神兒來，搖頭。

「是臉蛋子這塊小圓肉。」大東刀鋒一轉，剜出一塊小圓肉。老闆吃了，緩過神兒來，衝着兩個髒兮兮的夥計罵：「田寶山、吳小虎，我操你媽。我吃了這麼多次豬頭肉，怎麼從來沒吃到這塊？都是你們倆私下偷吃了吧？大個子，借我你的大砍刀使使，我劈死這倆王八蛋。」

田寶山和吳小武瞬間消失，老闆問大東：「那你幹嘛來我這兒？」

「您這兒沒人認識我。我原來有自己的酒樓，賭博輸掉了，不好意思回去了。」

「那你怎麼不去其他大酒樓幹？」

「我不僅喜歡賭博，我還忍不住總睡周圍的人，女服務員啊、女會計啊、老闆娘啊、師娘啊等等，好些大酒樓的都知道，所以也去不了了。」

「我的館子儘管小，我的老婆儘管醜，但是也不能收留你一個大賭鬼、大嫖客啊。」

「我已經改了。給我一個機會。您工資少給我開點，我也就沒的賭了。我自帶了一個女朋友，她叫靈楠，讓她也在您這兒當服務員吧，她超級悍婦，能管住我不吃窩邊草。」

17

「靈楠，傳菜！」蒼蠅館裏，穿着雪白廚師服的大東喊。靈楠飛快過來，麻利地接過菜。「替我問問客人，菜的鹹淡如何？」

「靈楠，傳菜！」大東喊，靈楠飛快過來。「客人怎麼說？」

「偏鹹。」

「靈楠，傳菜！」大東喊，靈楠飛快過來。「客人怎麼說？」

「偏淡。」

「靈楠，傳菜！」大東喊，靈楠飛快過來。「客人怎麼說？」

「合適。」

「靈楠，傳菜！」大東喊，靈楠飛快過來。「客人怎麼說？」

「合適。」

18

「田寶山，吳小武，你倆各做三盤滑炒肉絲。按你倆各自的標準，一盤偏鹹，但是不要太鹹，一盤合適，一盤偏淡，但是不要太淡。用一樣的盤子盛，六盤菜擺一溜，順序打亂，但是你們要記得哪盤是哪盤。」

「您這是要幹嘛？您不要耍我倆啊。自從您大刀砍豬頭之後，老闆看我倆總像看小偷兒似的，害得我倆豬里脊都不敢纏在褲腰帶裏往家拿了。」

「按我說的做，哪來這麼多問題。」

六個一模一樣的盤子，六盤看上去一模一樣的青花瓷盤，擺在大東面前。大東對靈楠說：「你每個吃一口，打分，一到六分，最鹹的六分。」

大東不吃，一個盤子一個盤子聞過去、看過去。六個盤子之後，從第一個盤子開始報分：「4、2、5、1、6、3，楠楠，和你打分一樣嗎？田寶山，你口比吳小武重，對嗎？」

「一樣。」

「我祖籍寧波，就愛鹹鮮。」

大東閉上眼：「孫橫波，操你媽。我肉舌的確壞了，但是我的天舌開了，不用舌頭，我也能辨別鹹淡！我又知道鹹淡了！」

19

「我陪了你一陣了，你覺得你是不是千年神獸呢？別人對你好，你就受着受着，然後就成神獸了？」

大東看了眼靈楠，不知道如何回答，沒說話，接着用刀切里脊絲，切完，攥着靈楠的手拿起一雙筷子，夾起一根肉絲，細如牙籤，綿延不斷。

「你做過的最浪漫的事是甚麼？別說給女生做過飯。我問老大東了，你從來沒給他做過飯，你連你爸都沒給做過，你的女生就更吃不上了。」

大東看了眼靈楠：「你明天一早七點之前到店裏來，趕在其他人來之前，趕在明天早飯之前。」

靈楠第二天早上六點推開店門，店裏擺滿了各種蘿蔔雕的花：玫瑰、玉蘭、芍藥，彷彿一個春夏之交的花園。

靈楠的手機震動，短信進來：「我沒給我爸做過一餐飯，但是我陪他聊了一年的天兒，他現在又趕我走，怕給我添麻煩，怕佔我時間。我沒給任何女人送過花，這些蘿蔔花是我昨天一晚上刻的，我想你能認出它們是甚麼花。我覺得很多花都好看，但是你比所有花都好看，你最好看。」

靈楠回短信：「你覺得我喜歡你甚麼？」

大東說：「我怎麼知道。我個大？」

靈楠說：「不知道為甚麼，我總擔心你被人欺負。個子越大，目標越大，越容易被人算計。」

大東說：「你心疼我？」

靈楠說：「我有衝動保護你。」

大東說：「我比你大三倍。」

靈楠說：「但是你太笨了，還老想着追求牛屄。老爺子見好，雖然不能動，但是能說話、能認人了，有八個姐姐照顧着，我們能暫時鬆口氣。我倆接着治你吧，我帶你出北京玩玩好不好？咱們也看看，北京之外有啥好吃的。別在那個蒼蠅館幹了，田寶山和吳小武的手藝也越來越好，你別再嚇唬他倆了。」

大東說：「好。」

20

去日本北海道，看海參，看最好的關東參。去清晨的魚市，就着新鮮魚肉刺身，喝清酒，喝很多清酒。

新鮮的海參切了片，沾芥末醬油吃，脆脆的。

喝多了，大東和靈楠勾肩搭背在街道上走，坐在馬路牙子上。月亮像塊半透明的水果糖。

喝多了，大東和靈楠在窄小的榻榻米上抱着睡。靈楠蜷在一起，大東從她背後包圍，彷彿一個貝殼抱着一團圓圓的扇貝。

21

去大連棒棰島。到了岸邊的時候，忽然起風了，很快風大了。

小歡胖和船老大交流了好久，對大東説：「大東，這樣的風浪，船老大説，萬萬不能出海了，出去也看不到海參了。」

「孫橫波又給你打電話了？她的手伸得好長啊。如果她要在這兒開魯菜館子，霸住最重要的食材，我理解。但是你幹嘛答應我，讓我大老遠地來看海參啊？靈楠，咱走，回酒店睡覺去。」

「大東，你心眼可真小。這麼大的個子，心眼可真小。好，好，誰讓我害過你呢。上次我説出了你參賽的菜名，我錯了，你一直沒搭理我，很久。這次為了海參你終於搭理我了，我豁出去了。我陪你和靈楠出海，船老大是我外甥，他不出海也得出。今天，我們四個人死也死在一起。」

船駛出兩個小時，風越來越大，浪越來越大。

「這時候船出問題，打海事電話求救，其他船也來不及救咱們了吧？」小歡胖問大東。

「你說如果我們在這裏遇險被淹死，我們會不會成為海底海參的食物？這輩子，我們吃了這麼多海參，最後被海參吃了，是不是也是報應？」大東咧嘴樂。

然後，浪就擊穿了左側的船艙，海水洶湧而入。小歡胖一把抱住大東：「怎麼辦啊？我們真要死在一起了！」

靈楠衝出來，抱了船老大的鋪蓋卷，塞在被浪擊穿的洞裏，整個身體隨着屁股頂在鋪蓋卷上。「小歡胖，如果洞再大點，我就把你當成鋪蓋卷補在洞裏，你屁股比我的大。大東，你待着別動，船如果散了，記得抓塊木板或者抓住我。船老大，我煙台海邊長大的，你別怕，調整船頭，迎了風浪，不要躲，慢慢開。你越不怕，浪就越小。」

風漸漸小了，浪漸漸平了，船擱淺在沙灘上。小歡胖抱着大東的腳，大東抱着靈楠的腰，靈楠抱着鋪蓋卷，都累到睜不開眼睛。

22

沿着 308 國道開車進藏，雨，大雨。大東開車，靈楠坐副駕駛，小大東坐在靈楠後面，小歡胖坐在大東後面。

「聽説這個位置是最安全的，車禍大數據統計，這個位置死傷最少最輕。靈楠，你別笑，你那個位置最慘了。在最後關頭，司機總是迎合自己的求生慾望，一轉方向盤，把安全留給自己，把死亡留給了副駕駛的你。」

「我要是做了鬼，第一，今生不會放過你的。第二，如果大東真是讓我死他生，我八個轉世都不會放過他的。」

再往高處開，雪，大雪。快到米拉山口的時候，小歡胖一直説頭痛、缺氧，一直抱着氧氣瓶。大東把車靠邊停了，和小大東説，你坐駕駛位，我和靈楠下去照照相。

大東和靈楠的呼吸也開始困難，每走一步都歇歇，忽然，他倆看到遠處一塊巨大的純紅色經幡，迎風起伏。大東説，如果能再走十步，就能照到完美的照片，但是我走不動了。

「你行的，走，再走十步。」

「真不行了。」

「再走十步。」

「我會死在這兒的。」

「你不會的。你都有小大東了，死了就死了，我陪你。走，到我這兒來，把那個經幡拍下來。你過來看，經幡真紅啊，彷彿經血染成。」

「那得多少經血啊。」

再開，車輛開始緩慢下來，然後陸續停下來。聽前面車裏的人說，橋斷了。夜色越來越濃，雨又開始下，越下越大，尼洋河的水聲越來越大。伸手不見五指，周圍的水聲越來越大，車像一條小船，在水聲裏搖晃。

小歡胖聲音裏帶着哭腔：「小大東啊，水要捲走人啦，要捲走你、你爸、靈楠、你叔叔我啦。你說，我怎麼這麼倒霉，每次遇上你爸，我就倒霉。每次和你爸出來找食材，我就連吃食材的肉身都可能保不住。我不想死啊。」

「你這次如果不死，你會做甚麼呢？」

「我就再回趟武漢，再找孫橫波，再讓她給我找兩個白胖女的，再做次非正規按摩。你呢？」

「我不敢說。我怕大東打我。」

「沒事，有我在呢。再說，他這次也不一定能活着回去，我們都不一定能活着回去。說吧，慾望無罪，哪怕你想睡靈楠，也是正常的，說出來心裏就會舒服些。餐飲業，和師娘睡是行業傳統。」

「我不想和師娘睡。我如果能活着回去，我就把我的文身做完。」

大東用手機當電筒，扯過小大東，扯開襯衣，左胳膊文着「春江水暖」，右胳膊文着「鴨先知」。小歡胖問：「還啥沒文？」

「我還想文個鴨子，眉眼和表情有些像我爸的鴨子。」

天終於亮了，車開始挪動。車入林芝鎮，滿眼的綠，松林如厚毛毯。

藏族婦女帶着他們進了林子，手指示意，小歡胖歡快地跑過去，扒開植被，一棵松茸。

小歡胖剛剛經歷生死，口無遮攔：「好像男性生殖器啊，還沾着陰毛一樣的松針。」

藏族婦女再次示意，大東、小大東和靈楠一起從草稞子裏挖起一個九連株的大松茸。小大東說：「爸，這個松茸好萌，象徵你們一家。你的八個姐姐和你，一家九個。」

柴火攏起，灶上炊煙，鍋上着一點酥油。鍋熱了，油化開，小大東把切成薄片的松茸一片片放在鍋上。一點點時間閃過，松茸片的兩邊微微翹起，小大東再撒了一點點鹽巴在上面，香氣滿溢，鍋灶附近的人的嘴裏口水滿溢。

靈楠取了些松樹上積的雪水，煮開了，泡了帶來的武夷岩茶，分給周圍的人喝。藏族男女說，好喝，好喝。藏族婦女取來青稞酒，又做了一點羊肉，大家接着吃喝。

世界似乎在無限遠之外。

23

大東和靈楠去東南亞，看海魚，看海參。

靈楠拉着大東潛入海參生長的淺海底。「看，這些暖水海參活着的時候不是蜷起來的，不像黃瓜，像磚頭。它們的顏色也淺，刺也少很多。」

兩個人坐在海邊。海邊無燈，月如玉璧。兩人分開躺着，中間放了一瓶香檳，半插在沙灘上挖出的凹陷。沒杯子，一人一口。喝完一口，瓶子插回沙子的小凹，香檳一直保持冰冰的溫度。

大東問：「你覺得我喜歡你甚麼？」

靈楠說：「我是大力士，我是阿修羅，我能保護你。」

大東說：「不是。我喜歡你，是因為，我和你有說不完的話。」

靈楠說：「你遇上我之前，你不知道你這麼能嘮叨吧？」

大東問：「你知道現在人世間，我最喜歡甚麼嗎？」

靈楠說：「不知道。」

大東用手指在沙灘上寫：

最喜

在一個有雨有肉的夜裏

和你沒頭沒尾分一瓶酒

靈楠問：「你現在還抑鬱嗎？你還想死嗎？」

大東說：「我想死在你後頭。」

夜更深了，海浪的聲音更清晰了，這個聲音讓周圍異常安靜，靜到能聽到自己心跳的聲音。靈楠不再開口說話，但是大東在一瞬間聽見從靈楠身體裏傳來一陣模糊但是尚可辨認的聲音。

大事

人間無大事

第一睡

第二吃

第三？

抱着睡

抱着吃

大東仔細找聲音的來源，是靈楠下體發出的聲音。靈楠點頭：「是的。女人的另一雙唇也會說話，包括讀詩。很小的時候，看武俠小說，描述腹語。我好奇，喜歡鑽研，就用胸以下的一切部位特別是空腔嘗試發音，也沒師父教，自己瞎學瞎練。練了兩個暑假，結果發現，胸以下一切能發音的部位裏，發音最利落的就是女人的另一雙唇。」

大東趴到靈楠兩腿間去看，靈楠躲閃。大東按住靈楠的雙腿，對着兩腿之間說：「我和你親個嘴吧。」然後不顧靈楠躲閃，親了下去，好一陣，然後，呆住，呆坐。

「怎麼了？嚇到了？」

「我是被八個姐姐帶大的，不是被嚇大的。」

「怎麼了？」

「你親過你那一雙唇嗎？」

「當然沒有。你親過自己的雞雞嗎？你就是傳說中的無上瑜伽部法師？」

「你知道那一雙唇的味道嗎？」

「知道啊。」

「沒親過你怎麼知道它的味道？」

「有男生告訴過我啊。你對我是不是處女介意嗎？你生了兒子了吧？你生了小大東之後，你就不再是處男了吧？」

「它是不是有些鹹、有些腥、有些騷？彷彿某種海鮮？鮑魚、生蠔？」

「是啊。怎麼了？」

大東沒接話，仰脖喝完剩下的全部香檳，扔了酒瓶子，發足向大海裏狂奔，同時喊：「我找到啦！我找到啦！我又知道鹹淡啦！我又知道鹹淡啦！我的舌頭又回來了！我的肉舌又好用了！你不准死在我前頭！你不准死在我前頭！」

24

靈楠消失了。

大東接到的最後一個來自靈楠的短信是：

大東，從古至今最有名的大廚，你的病全好了，你會更加有名，我替你高興。世界又是你的了，人民來到北京，還是爬長城、吃烤鴨、睡大東。我的任務完成了。如果我們再繼續下去，就是一些糾纏啊、擰巴啊、猜忌啊、妄念啊、道德啊等等不美好、不輕盈的東西了。

你已經這麼大個子，還有那麼多人需要你的帶領和照顧，再加上一些不輕盈的沉重的醜的東西，你會很快耗盡的。我喜歡你，所以離開，希望看到你飛到天上去。

又，我一想到你飛到天上去的畫面，就不由得笑出聲來了。

又又，別找我，你找不到的。

又又又，你如果再出現磨難，我會出現的，所以你不要期望我再次出現。

25

大東動員了九個徒弟和八個姐姐，找不到，甚麼地方都找不到靈楠。

三個月後，大東在《新京報》上連續三天登了三大整版的廣告，三天的內容都一樣：

我要為你一輩子做鴨

三個月沒出門
我研製出一種小乳鴨

我要你世界上第一個吃到它

北京奮鬥湖老烤鴨店，小包間。靈楠和大東坐在圓桌上，大東喝茶、抽煙，再喝茶、再抽煙，不說話。

「你廣告打得太缺德了。我剛從日本兩週斷食之旅回來，就看到你的廣告。太缺德了。鴨子呢？」

徒弟們推進餐車，車上一隻金黃色的烤鴨，比傳統烤鴨小很多。

「這就是烤乳鴨。傳統烤鴨用六十天的鴨子，烤乳鴨用二十八天的鴨子。為了讓這個烤乳鴨能量產，從池邊到餐桌前，我做了五十四項創新。」

靈楠上筷子嚐了一口，然後扔了筷子，抱了盤子，上手。

吃完，靈楠對大東說：「每次不都是你先吃嗎？你烤小乳鴨是不是無法忘記我嬌小的身材？我不在你身邊的這些日子，全國文青爬長城、吃烤鴨、睡大東，睡得爽嗎？大東，再給我上一隻，我真餓了。」

26

烤乳鴨在一家家的大東烤鴨店火起來，全部需要提前定，吃前四十分鐘下爐，保證客人口感。

小歡胖美食專欄文章的題目是《大東歸來，帶着舌頭和雛兒》，文章第一句：「大東回來了，舌頭也好了，還帶回來一種從來沒有吃過的烤乳鴨。我吃了，從此之後，南方有乳豬，北方有乳鴨，北方吃貨，頭可以抬得高一點點了（儘管總體還真是抬不起頭來）。」

北京郊區，老楊鴨場。

「老楊，大東用的小乳鴨，我也要些，價錢好說。」

「沒了。大東都包了。」

「分我三分之一，我給你兩倍價錢。」

「不行。」

「三倍價錢。」

「不行。」

「大東要的，我全包了，按兩倍價錢算。」

「不行，大東包了，他能賣出去，他會持續買我的小乳鴨。你的確給了兩倍價錢，但是你賣不出去、賣不長久，長期算，還是我吃虧，我不幹。我不賣給你，不只是義氣，不只是不敢，我也是個生意人，只是有點義氣而已。而且，再透露一句，即使給你也沒用，烤乳鴨不只是一隻小乳鴨而已。」

27

大東接了一個電話，對着電話吼：「您怎麼知道我味覺恢復了？大家都知道了。好，我明白了。好，日本，京都。好，可以，我排出時間。」放下電話，吼：「王剛！王剛！人家請我去日本參加世界廚師大賽，你快來，咱倆商量一下做點啥菜！王剛！」

一個徒弟說：「師父，大師兄王剛不在了，大師兄王剛走了有一陣兒了。」

大東呆了一陣，和身邊的靈楠說：「你陪我去日本吧。」

「好。我要叫你師父嗎？」

「你叫我八戒就好。」

28

「你似乎從來不老啊？臉總是這麼白，頭髮總是這麼黑。我常常恍惚，你是剛參加工作呢，還是還在上學呢？」

「你的嘴越來越甜了，你年紀越來越大了，開始學着蜜糖嘴泡小姑娘了？約你見一面可真難啊。」

「直說吧，你找我啥事兒啊？我每次見你都提心吊膽，我總擔心你害我。在別處，我智商足夠，在你面前，我總擔心你算計我。所以節約時間，我也不喝你的茶了，怕有藥；也不吃你的飯了，怕有藥。你又安排了非正規按摩了嗎？我好想要啊，但是我就不要。」

「才說你嘴甜，這麼快就嘴臭了。好啊，我直接說。大東這次去日本京都，做甚麼菜？」

「妹妹，你也太坦誠了吧？剛說你智商高，你馬上秀下限。你腦子在想甚麼呢？你覺得經過武漢那次，我還會再告訴你大東拿甚麼菜去日本比賽？」

「你不是讓我坦誠一點嗎？說實在話，我只是想看看你老成甚麼樣子了。經過武漢那次告密，大東不會再和你有任何親密，他不會讓你再進他的核心圈子的。你根本不可能知道大東拿甚麼菜去日本比賽。」

「大東儘管小心眼，但是他有格局，他還是把我當兄弟。我倆去大連和林芝找食材，都差點死在一起。他去日本之前，和我反覆探討過國外、特別是日本對於中餐的偏好，他研發這些菜的時候，我都在鍋旁邊！他去無錫，我跟着去的，他連小情兒都沒帶！但是，你就是使美人計，我也不會說的。你用暴力也沒用，如果我一個小時之內出不去你的店門，我的警察朋友就會衝進來。」

「不用一個小時，你現在就可以出去了。我知道大東去日本做甚麼菜了。你又一次成了告密者。」

「你胡說。」

「你認識我這麼久了，我甚麼時候胡說過？你現在最明智的做法就是不要和任何人說，你和我說過任何話，咱們根本就沒見過。」

29

大東和靈楠提前幾天到了日本。兩人參加了幾場拍賣，靈楠買了些中國的高古瓷器，盆盆罐罐，清清白白，簡簡單單；又一起逛了逛京都的古董街，買了一點茶匙、茶入、鐵壺和線香。

「你不是煙台海邊養海參的嗎，怎麼會對這些老東西感興趣？」

「我忘了告訴你了，我是東京大學化學系碩士畢業的。我對日本很熟悉。我還集資在奈良買過一個一畝地的小院子，離奈良公園、直達機場的車站、全奈良最好的料理館子都不到一百米的距離。奈良比京都還清靜，我想，如果我退休，就常來這裏住。但是後來又想，我還沒畢業呢，我想得太早了。畢業後，我北漂了一陣，覺得活得太忙了，忙到感覺不到在活着了，就回老家了。養海參也需要明白各種物質，養海參是我們村的傳統。我還忘了告訴你了，我有個表叔姓段，賣了你很多年海參。我還忘了告訴你，審美這件事，和出身關係不大，比如你看乾隆做的東西，要多醜有多醜。你店裏，特別是你的旗艦店裏，很多品味就是乾隆的品味，中國巴洛克，俗麗堆積。我對你的烹飪技術有信心，我對你的審美很着急。審美基本都是天生的，後天有幫助，不會太大。」

比賽前一天，靈楠拉着大東去看櫻花：「為了預防你的精神病重新發作，我給你做個簡單的心理預防。」

站在櫻花樹下，靈楠說：「大東桑，請你不要想幾百年的烹飪史了。第一，你的名字已經在上面了。第二，幾百年的確很長，但是在歷史的長河裏、在星球的長河裏，幾百年不是事兒。你想想五十億年之後的熱寂，一切的一切，包括地球、月亮、太陽、銀河，就都不存在了。你感到了你的渺小了嘛，大個子？」

「是的。五十億年後，宇宙中會出現一個鴨子星球。鴨子星球被鴨子統治，鴨子們在鴨子星球上吃烤人，一個偉大的鴨子星球的廚師叫大丫，這個叫大丫的鴨子廚師在各種悲歡離合之後，刻苦鑽研，研製成功一種小乳人，非常受歡迎。我夢見過這些五十億年之後的事兒。但是，如果總想五十億年之後的事兒，我們現在就不要做任何事兒了。」

「不對。這就是為甚麼站在櫻花樹下説這番話！櫻花不過幾日，它們還是要盛開。我們也一樣，明天比賽中，盛開吧，做鴨的男人，忘掉過去，忘掉未來，在明天比賽的瞬間盛開吧，用你的手藝和食材給大家做兩個宇宙第一的好菜！」

30

大東帶着昨晚很好的睡眠，站在賽場上，胸腔裏是滿滿的信心。忽然，一陣風，一鼻子櫻花的味道，開始不停地打噴嚏。靈楠問：「怎麼了？」

「過敏或者是感冒。我離開北京、聞不到空氣裏的霾髒味兒就這樣，特別是開始幾天。所以你看我很少離開北京。」

「怎麼辦？」

「我盡力吧。」

第一道，魚蓉蝴蝶。設計思想：湯菜；魚蓉塑成粉白色的蝴蝶，三三兩兩飛在已經燉得剛好的粉白色的湯上；湯清，口暢；

無法扣分。

大東擦了擦汗，「好熱的天氣。」

大東用小攪拌機打魚蓉。機器轉起來，忽然在一瞬間變得極熱，魚蓉瞬間變性，提前熟了。「靈楠，完蛋了，不知道為甚麼，機器過熱。我叮囑他們攪拌機要用冰塊鎮着啊！也是我太緊張了，好久沒比賽了，打魚蓉之前，我該摸摸攪拌機的溫度！魚蓉懈了，沒法塑形了，我要輸了，我輸定了，怎麼辦？」

「大東，八戒，你別管了，我就是你的猴哥，我來對付妖怪。交給我吧。過去的過去了，你專注下第二道菜。」

第二道菜：拐棗黃燜裙邊。

大東拿勺子嚐了嚐濃湯，沒味兒，加鹽，再嘗，沒味兒，再加鹽，第三次嚐，還是沒味兒，第三次加鹽。第四次要加鹽的時候，大東看了眼靈楠，放下了鹽，「第二道菜也敗了。我加了三次鹽。我的病又犯了。我又不知道鹹淡了，這次不是舌頭問題，是心理問題，我沒信心了，我是個廢物了。」

「我知道了。八戒，你看你左邊的角落，你過去，坐在那裏，其他的，交給我，我是你猴哥。我盡一下我的力氣。」

大東坐在世界烹飪大賽賽場角落的地板上，看着周圍。鼻子裏全是櫻花的味道，再吸一下，陽光也進來。在鼻腔裏，陽光碰撞花香，脆脆的，噼啪響。

有個大東認識的中國籍評委上洗手間，走過在角落裏的大東，說：「大東，您玩啥呢？第一道菜裏只有清湯。第二道菜，您做了一盤鹹菜。難怪孫橫波說您心理素質不好，手藝只能在被窩裏耍。孫橫波在日本有徒弟，你知道不？攪拌機的溫度你摸了嗎？這麼大的大廚了，這麼不小心？」

大東的手機震動，孫橫波的短信：「最近是不是又重新晨僵了？真替你高興。聽說你去日本之前，小歡胖和你一起去了趟無錫？無錫好啊，這個時候去，你的脾氣自然是要找剛出來的刀魚。又是大賽，你又做湯菜呢吧？刀魚細細除掉刺，做魚蓉是極好的，對吧？還是睡過你的女人最懂你在想甚麼。對吧？」

大東斜眼看着陽光，忽然聽到嘈雜的哭聲，哭聲裏有言語，日文和英文，他聽不懂。「靈楠，你在哪裏？我聽不懂，他們說啥？」

靈楠從陽光裏跑過來，和大東一起坐在角落裏，豎着耳朵聽，一邊努力聽，一邊幫大東翻譯：「有人哭了，不只一個人。一個人說你的第一道菜，用如此潤白的定窯的葵口大盤盛上來，碗底刻的萱花如此搖曳，單刀勾勒枝幹，雙刀刻劃花瓣，萱草忘憂，廚師想說甚麼？如此清涼的湯，湯裏一點肉都沒有，一片菜葉子都沒有，喝一口，竟然有雪水、松針、泥土、松茸的味道，長久不散。廚師想說甚麼？廚師想說，你們看看這來自大宋的瓷器、來自大宋的雪。廚師想說，空。在這一剎那，空給人所有安慰，彷彿荒木經惟在他太太死後，只拍攝天空。然後，這個人就哭了。另一個人説你的第二道菜，這麼鹹，非常不健康，異常不健康，難道是在提醒我們，《馬太福音》裏説的，你們是世上的鹽？比雪還白，比傷口還狠。他又説，這個盛捃棗黃燜裙邊的盤子，竟然是三百年前歐洲麥森廠子的 AR 標，釉下鈷藍，手工花寫，這種審美怎麼會出現在這裏？然後他也哭了。」

「後來呢？」

「八戒，後來他們説你在傳教，説你做了靈魂飯。吃不只是吃，吃的極致不是滿足口腹之欲，吃的極致是滿足心靈的修行。後來，他們就把兩個金獎給你了。但是，問題來了。定窯大盤和 AR 大盤是我昨天拍賣回來的，還沒洗乾淨，如果明天這些哭了的評委鬧肚子，菊花亂開，去醫院查出來病原體源自中國大宋和工業革命前的歐洲，會不會告我倆？」

31

春天真的來了。北京，體育場大東烤鴨旗艦店，店外小孩兒在放風箏，體重輕的小小孩兒，被風箏拽着跑，似乎風再大點，就能飛離地面。大媽們在跳廣場舞，跳熱了脱了外衣，接着跳，扭腰甩胯的瞬間，露出腰裏翅膀一樣的贅肉，下個瞬間，又扭甩回衣服裏面去了。風在人和樹木之間跑，溫溫的，不扎人。

室外旮旯裏的一張小桌子，大東和小大東對面坐着，好久，不說話。

大東離開之後，這個旗艦店很快沒人來了。停業之後，需要人照顧的草木都死了，不需要人照顧的草木瘋長，巨然《秋山問道圖》意境過了一個沒人管的秋冬，剩下一堆毫無規律的草木，彷彿一個秋冬沒剃頭髮的十七八歲難看無比的少年男子。

大東終於說：「好久沒見你了。」

「好久沒見您了。」

「文身完成了嗎？」

「您說那隻鴨子？文了。還挺有氣勢的。要看嗎？」

「算了。等過幾個月天兒熱了，你衣服遮不住了再看吧。你回來幹嘛？錢又吃喝沒了？」

「回來看看能幹嘛？」

「你除了餐飲還能幹嘛？」

「我除了餐飲似乎幹不了嘛。」

大東和小大東又不說話了。

小大東終於說：「您覺得我如何？」

「我對你還認識不清。」

大東和小大東又不說話了。

大東終於說：「你覺得我經營大東烤鴨店經營得如何？」

「您想聽真話還是假話？」

「真話。假話我不缺，我周圍一大堆人天天和我說。」

「您有多少時間聽我講？」

「在下一次我要去洗手間之前。」大東給小大東又倒了一杯礦泉水，又給他倒了一杯三十年的威士忌，「講真話。如果覺得需要放鬆才能講，就喝一大口威士忌。別擔心時間，講得口渴了，就喝口水。」

「如果和北京其他餐廳比，過得去吧。但是，如果和國際水平比，不能再差了，一塌糊塗。您知道您佔了甚麼便宜嗎？既然我喝了您的三十年威士忌，我就貢獻一下我的智慧啊。您佔了天時，改革開放、中國夢、新常態，說的都是人民要過上好日子。甚麼是好日子？有吃有喝！您佔了地利，如果您在南京開個烤鴨店，誰吃啊？長城很長您知道吧？但是為甚麼別處的長城就沒人去，老外到了北京就要去爬長城？因為北京是首都啊！還是要給您些認可，您佔了些人和。比起其他大廚，您生在北京的工人家庭。您同時代的那些大廚按現在的話說都是農民工啊！儘管您審美這麼差，還是比他們要強一些。您小時候畢竟每年都要春遊秋遊，去過燕京八景，儘管沒人指點，但是一些審美元素還是印在您的意識裏。看您的表情，您不是非常愛聽，我給您舉例説明為甚麼説您做得一塌糊塗。例子太多，從何説起呢？好吧，以客為尊，咱們按照客戶體驗的順序吧。先是進門，您的烤鴨店是橫店影視城嗎？所有中國元素都堆在院子裏就是中國名牌走向世界嗎？您在地磚上、牆上寫滿《詩經》就是有意境嗎？菜單這麼長，您統計過，多少菜從來不被點？您天天要備着多少原材料？在北京，這些原材料能保持新鮮嗎？如果有一天，某個腦子進水的客人不看別桌點了啥，忽然靈機一動點了一個菜單裏的冷門菜，您覺得他能吃得開心嗎？菜單這麼重，您是擔心客人肌肉不夠發達嗎？還是覺得如果菜單不夠厚，就不夠大氣上檔次？還是覺得如果客人看菜單的過程中消耗多一些能量，能產生一些飢餓感？當然我們都同意飢餓是最好的調料。擺盤這麼醜，這麼多年了，中國烹飪的惡習就不能改一下嗎？您以為您是在唱京劇嗎，還在冷葷盤子裏擺個蛋糕雕的城樓，還用海帶和黃瓜擺個飛燕？酒單這麼差，您團隊裏，有絲毫懂紅酒的嗎？有的酒比零售店價格多三倍，有的多一倍，不是負責進貨的出了問題就是定酒單價格的出了問題。還有甜品，這叫甜品嗎？除了甜，和甜品有啥關係嗎？現在都分子料理了，您還給大家一個糖葫蘆和棉花糖，您以為很懷舊嗎？老情人躺在春風十里還是不如你嗎？還有，同樣的大東品牌，不同的烤鴨店，品質一樣嗎？不要和我説，您吃到您嘴裏是基本一樣的，一樣的蔥燒海參，一樣的蔥爆牛肉。您車還沒到店，就有人從前台通知到後廚，大事不好了，大東來了，提起精神準備好了啊。説到底，品質不一樣的東西頂着一樣的品牌只説明這個品牌不是品牌。三十年的威士忌不錯，您再給我倒一杯。」

大東深吸一口氣，説了一個字：「滾。」

小大東就勢倒地，沿着巨然《秋山問道圖》的遺址，壓着衰草，往外滾。

「好。算你狠。你滾回來。」

小大東停住，原路滾回來。

「好。你夠狠。我信你一次。這個旗艦店歸你管一個月，按照你的想法，重新營業，我所有營銷手段停掉。三個月後，我看你銷售額。」

32

在過去的一個月中，在微信朋友圈裏，大東看到自己認識的幾個九零後小女編輯都在狂轉一篇文章，介紹小大東的一款烤鴨訂餐 APP：出門找鴨。

體育場旗艦店開業當天，八個姐姐來拉，大東還是不去現場。等八個姐姐都走了，一個人飛快給自己炒了一個番茄肉片、一個九轉大腸，開了一瓶威士忌，在奮鬥湖老烤鴨店的經理室裏，一邊吃，一邊看旗艦店的各個攝像頭。

院子裏的攝像頭：小大東搬走了一切和吃喝無關的擺設，留下雜草，僅僅在院子的一面搭了一個白色的屏幕，在院子的地表埋了很多燈。入夜之後，一片漆黑的院子忽然亮起極絢爛的燈光，大屏幕上很多幅宋代山水畫的光電交叉拼接，複雜而簡單。很多穿着有明顯設計感的年輕人齊刷刷出現，特別是年輕女生，燦若春花。廣場舞的大媽們停止了跳舞，聚在餐廳門口和院子裏圍觀。

屋子裏的攝像頭：酥不膩烤鴨還是酥不膩烤鴨，小乳鴨還是小乳鴨，但是推着烤鴨車來到客人面前片皮的男廚師都是上身透明廚師制服、下身鴨黃色緊身長褲、鴨黃色鞋子。透明裝之下，六塊腹肌、人魚線、鎖骨清晰可見。烤鴨車上的烤鴨都被細細的繩子捆綁，在片烤鴨之前，每根繩子都被六塊腹肌的男廚師用刀輕輕挑斷。

大東盯了一晚上監視屏幕，大概點了點，每張桌子平均翻了四枱，客人平均等待時間不超過十分鐘。

小歡胖站在店門口和小大東抽煙，小歡胖指指點點。第二天，大東在微信朋友圈裏看到小歡胖寫的文章，題目是《白日裏的枯山水，黑夜裏出門找鴨的鬼》。

33

春節，北京，奮鬥湖老烤鴨店，大包間。

老大東被八個女兒扛着進來，小大東躲在八個姑姑後面。八個姑姑放下老大東，站在小大東後面：「侄子，你和你爸說吧。」

「爸，我上個月營業額差了百分之二十，因為我沒預測好原材料的供應限制，這個月的獎金和工資我不領了。另外啊，您當爺爺了，我愛上了一個女的，她挺好的，她給您生了個孫子，今天，您孫子百日。」

大東沒醒過神兒。八個姐姐說：「大東，你要是敢說一個不字，你走不出這個門。」

大東緩了緩，說：「你看上人家啥了？」

「胸大，特別大。而且心也大，從來不挑我毛病。」

大東問：「你媳婦呢？」

「抱着您孫子在樓下呢。」

「滾。接去。」

一個大個女生，人沒進門胸先進，胸上托着個七十釐米的嬰兒。

大東緩了緩，說：「開瓶香檳，讓孫子喝口兒。」

八個姐姐說：「混蛋，孫子還沒發育呢？」

香檳開了，一聲響，老大東醒了，起身，箭步上前，拎着一根筷子，沾了一滴香檳，然後滴在重孫子的小嘴裏。

重孫子沒哭，給屋子裏的所有人一個巨大的笑臉，笑得真像大東。

34

大東抱着靈楠的後背：「幾個男人吃過你下面？」

「你愛過幾個女人？」

「大東烤鴨如果和大東沒關係了，你還和我喝酒嗎？」

「你後半生的最大工作不就應該是讓大東烤鴨和大東沒關係嗎？」

「你會死我後面嗎？」

「我不捨得你死我前面。」

五十一個強光點

題記一：

某些參透頂級智慧的僧侶甚至能夠在事情發生之後再來決定它應該怎麼發生。但是需要指出的是，這些僧侶也只是恆河中的一粒砂，儘管他們知道在某個剎那這粒砂該放到天平的哪邊。

——鳩摩羅什讀經筆記殘卷翻譯

題記二：

鳩摩羅什本來可以修成第二個佛陀
如果他不破戒
真好奇，他如何破了甚麼戒

——馮唐短歌集《不三》之四十二

1

公曆2011年10月6日，喬布斯死後第二天，在地球範圍內，有十三個人在十個城市用不同方式宣佈他們繼承了喬布斯的衣鉢，給出的理由也彼此不同。

2

公曆2011年10月6日那天，我走在中關村大街上。

現在想起，我忘掉我為甚麼走在中關村大街上了。可能只是因為那天天氣好。天藍得又高又透，小風兒脆脆的，讓腦子清爽又不讓身子冷。北京像某些長得按你命門的婦女，一身的毛病，但是偶爾好起來，讓你在瞬間忘記她一切的毛病，在瞬間彷彿初相見。

有史以來，中國人做事總喜歡藏着掖着，史料館、檔案館都用武警把門，另外就是，有壞事兒都推給別人，推給未來，習慣性地擊鼓傳花。直到有一天，藏不住了，掖不住了，壞事兒傳到天上去了。北京的天氣變得越來越差，變差的根源被各個有關部門查來查去，查不出標準答案，有關人員聚在一起，齊聲罵：都是過去三十年改革開放各個有關部門放任不管造成的惡果。每當有個好天兒，人民歡天喜地，從各自的住處鑽出來上街了，各個公園都擠滿了人民，各種老人推着各種小孩兒，沒小孩兒可推的老人在好天兒裏唱京劇、跳新疆舞，各種非老人、非小孩兒的人民五公里、十公里、半馬、全馬跑，不辜負任何好天氣。

我走進清華校園，在隱約民國氣質的大草坪前站了幾分鐘。草坪上有三對在婚紗攝影，三個男的一直在忍不住樂，還偷着抽煙，三個女的用眼神、手勢或者嗓音提示這些男的，嚴肅點，你們丫能不能嚴肅點啊，照個婚紗都這樣，以後笑床完成不了宇宙生命中的大和諧怎麼辦啊？我看了看這三個女的，一副女媧補天的控制感，我看到了那三個男的未來很多需要借酒消愁的瞬間。

我試圖混進北大，北大的保安似乎比其他大學的保安智慧很多，總試圖在分辨壞人的表情。四十多歲的我戴上個眼鏡，還是混進去了，完全沒被盤問。我內心得意，如同在舊金山參禪中心，剛吃完烤翅、喝完啤酒，被問，「你參的是不是曹洞宗？」北大校園裏的姑娘還是一個個屌屌的，拎着比她們腦袋還大的飯盆在飯堂和教室之間直立行走，旁若無人。銀杏樹還沒變得金黃，我記得它們金黃之後的樣子，直立在路邊，彷彿一排被點燃的火柴。

在中關村大街上轉悠的那天，我先後遇上三個人，年齡相差不到十歲，都問我，「你信不信？喬布斯之後，就看我的了。」

年歲最大的，就是我認識很久了的小浩浩。他痛恨在人民面前講話，但是人民喜愛聽他講話。小浩浩真誠地説過很多次，他願意用十年陽壽換不必在人民面前講話，但是，一旦一年內他不在人民面前講話，他想做的事兒就進行不下去。他在人民面前講話的時候常常緊張，他的必殺技是往那兒一站、嫣然一笑，不説話。那天，他遇到我的時候，他沒笑，他説：「你嚴肅點，喬布斯昨天死了，我很難過。他打下了那麼好的基礎，他做創意，庫克做執行，他負責戰略，庫克負責戰術，手上現金無數，他的見識又修煉到了金字塔頂尖下一米的高度，太可惜了。在科技上唯一能給我壓力的人不在了，我很傷心。你不要笑。昨天我聽到消息後，我勉強開完公司裏必須開的兩個會，天黑了，我一個人走出公司寫字樓，在路邊的煎餅攤兒點了個煎餅，在等大媽做煎餅的時候，我終於忍不住了，坐在中關村大街的馬路牙子上，哭出了聲兒來，煎餅好了，從大媽手上接過來，一邊吃，一邊哭，淚水流在煎餅上，和葱花、辣醬、雞蛋、薄脆、麵餅混在一起，我不管，我大口吃進嘴裏，淚水是鹹的。但是，我今天又想了想這個問題，從另一個角度上看，在科技上唯一能和我競爭的對手也不在了，我能幹的事兒突然多了好多。他命不好，我命好。喬布斯讓風吹起來了，站在風口上的豬都能飛。我是一隻猛虎，喬布斯給了我他的衣鉢，也給了我他的理想和使命，他的靈魂是我猛虎的雙翼。我要轉行。我不做英語培訓學校了，幹掉舊東方英語培訓學校沒甚麼成就感，我要做手機，做人類未來百年、千年、甚至萬年裏最重要的工具。」

我問：「手機的確越來越重要，毫無疑問，將會是人民用得最多的人造器物。但是，問題來了，憑甚麼你來引領手機行業？換句話問，你憑甚麼做手機？手機是要燒錢的，你沒錢。即使你用你的理想和人格魅力形成近似於喬布斯的現實扭曲場，融到了錢，燒錢的心理壓力你也不一定能受得了，手機還沒做出模樣，人先掛了。手機的產業鏈很長，從設計、研發、採購、生產、市場、渠道、物流、客服到售後維修等等，在這個行業裏，你不認識任何一個能幹的人，怎麼組織團隊？而且，競爭這麼激烈，跨國企業、國企、私企都有做手機的，而且都做得不錯。」

小浩浩想了想，說：「有再多的公司做手機也沒用，他們沒有喬布斯的見識。我為甚麼做手機？原因很簡單，因為現在的手機都做得太差了，連蘋果手機都算上，作為人類，我很失望。」

我做過十年管理諮詢，現在做投資，小浩浩的想法嚴重挑戰我的職業判斷，我的職業習慣犯了，接着勸：「你可以為人類做的事兒還很多，以你的口技，在現實的扭曲場裏，找些競爭沒那麼激烈，但是痛點又很痛的領域做。這些領域要有四個基本特點。第一，市場細分足夠小，吸引力不夠強，沒有蘋果、西門子、日立或華為這樣的大公司糾集一票人馬和你硬幹。第二，市場細分足夠大，能容得下小十家玩家要，否則空間太小，你無法生存。第三，市場增長足夠快，每年百分之二十以上的增長，這樣你的日子才能過得相對舒服，犯一些錯誤，不怕。第四，市場的衍生性很好，好講故事，就好一輪輪融資，從產品到服務到系統到平台到生態，從十個億到一百億到千億、萬億，儘管目前小，但是想像空間大，這些想像空間還都能用估值模型量化。我現在就可以給你點出幾個有這些特點的領域。比如，耳機。現在的耳機多差啊！耳機做好了，就往 VR 發展，智能手機都得接入你的 VR 平台。比如，電動汽車。改革開放三十年，中國拿市場換技術最失敗的就是汽車行業，但是現在出現了彎道超車的歷史性機遇，造車變得前所未有地簡單了，和手機業剛出現聯發科這樣公司的時候類似，在房子之後，汽車是最大的商品，房子不能標準化，汽車可以，汽車是可標準化的最大宗產品。電動車一定更容易職能化，車子一動，海量數據就會產生，市場可延展的空間太大了。再比如，空氣淨化器。你看北京的天兒、河北的天兒、河南的天兒，多差啊。小到空氣淨化口罩、車載空氣淨化器，中到房屋的空氣淨化系統，大到除霾大炮、除霾炸彈或者除霾天塔，可做的太多了。」

小浩浩的回答很簡單：「你說的這些領域都不錯，你的戰略眼光很好，但是，喬布斯沒做過耳機、電動車和空氣淨化器。我是喬布斯的衣鉢傳人，我也不做這些，我只想做手機。」

3

四十五歲之後，五分之四的人我見了一面之後就不想見第二面了。儘管這五分之四的人裏的某些人似乎對於我的工作很重要，我還是能不見就不見了。我爸是這麼教我的，其實你唯一能支配的是你的時間，有些人似乎重要，其實也沒那麼重要，你動動腦筋，其實他們都是可以被替代的，找個你真想見的替代。剩下的五分之一通常分為兩類，一類是好玩的人，一類是好看的人，又好玩又好看的人基本沒有。慧極必傷，情深不壽，又好玩又好看的人常常很早就掛了，來不及出來見人。

朱紫是個我見了第一面還想見第二面的女人。她不是男性人民都喜歡的那種「妖艷賤貨」型的好看，很高，腿長，腿細，大腿幾乎和小腿一樣粗細，上身比例很小，頭很小，短頭髮，整體感覺像是一個圓規。朱紫穿連衣裙很好看，尤其是比較短小的連衣裙。朱紫屬於好玩的人，有種生愣的智慧。她在醫院的環境裏長大，總被父母說幼稚，直到有一天，她大聲反駁她父母說：「我不是幼稚，我是用死亡來觀照萬物，我總覺得我活不長，感謝你們陪我。你們試試從我的角度、從人必有一死的角度、從你我明天都可能死掉的角度、從真理的角度來看看世界，你們會發現，你們的思路、言行、舉止都是幼稚的，而我的行為是很好理解的。」

朱紫見我第二面的時候和我說：「儘管我開了一家人力諮詢公司，但是撇開我的個人利益不談，我還是想勸你，你投資一個公司，不要太看重這個公司的戰略和生意模式，要多看看這個公司的創始人和團隊，特別是創始人。戰略可以梳理，生意模式可以慢慢摸索，甚至團隊可以配，但是，創始人不可替代。如果可以替代，那你還不如直接去投那個替代者好了，省去很多麻煩。所以，除了商業盡調、財務盡調、法務盡調、IT盡調，你還要重視人力盡調。創始人的權重，應該佔你投資決策的大半，如果不是百分之七十。」

我喝了口涼啤酒，發現朱紫聊非工作的事兒要可愛很多。我打算在工作的事兒上逗逗她，我說：「看人重要，還是看他做出的事兒更重要？如果能分出君子和小人，固然好，但是在現實生活中，天下無一成不變之君子，天下也無一成不變之小人。看人有時候不如經事兒。」

朱紫有可能小我兩輪，她們這代人說話比我們直接：「我們講的是概率，您不是理科學霸嗎？學霸老了就成槓頭了？能經事兒當然好，可是您有機會和您要投企業的創始人都經事兒嗎？您這輩兒人的常識教育都是誰教的啊！」

我又喝了口涼啤酒，問朱紫：「那你說，如何做人力盡調？」

「專業的事交給專業的人來做，僱我的公司，我幫你做。」

「你有甚麼科學手段？」

「屬相匹配啊，星盤分析啊，血型契合啊，還有紫微斗數、八字、面相、手相等等，看你傾向於西化還是國學。」

「你覺得人民幣明年會貶值嗎？明天的證券股會漲停嗎？」

「滾！如果我知道這些，我躲在家裏炒股、看美劇就好了，我還開甚麼人力資源諮詢公司！」朱紫抬腿示意要踢我，我仔細看了看，腿可真長啊。

4

喬布斯，屬羊、O型血、雙魚座，公曆2011年的元旦開始就反覆夢見他十九歲那年去印度朝聖的那個夏天。他夢見他試圖像佛像那樣雙盤而坐，怎麼也做不到，只能單盤打坐。夢醒之後，他嘗試了一下雙盤，竟然一點不痛地做到了，一坐就是一天，不餓、不渴、不睏、不倦、不煩、不躁。

他被這件事嚇了一跳。肉身對於他似乎不再是個限制了，他可以像開關電燈一樣開關腦子，讓腦子像冬天Lake Tahoe一樣平靜或者像春天Yosemite山上一樣豐盛。而在這一時刻，這個肉身似乎也要離他而去了，飄浮在地面和天空之間，初步具備了某些非實體感的特質。這個悖論似乎和愛情一樣，那個婦女終於對你不再控制了，在這一時刻，她也就不再愛你了，她已經或者馬上要離你而去了。所謂絕對的自由或者終態，其實就是一片靜寂，千山鳥飛絕，蓑笠翁如果一念之間收起魚竿兒，他也就完成了這絕對靜寂的最後一步。想到這裏，喬布斯又被自己嚇了一跳，他知道這就是圓寂的先兆，一旦有了先兆，基本就逃不掉。所謂圓寂，並不是説可以拖着不死，而只是有能力有限度地自主決定哪天走而已。

創造，保護，毀滅。沒有毀滅就沒有新的創造，蘋果公司已經把自己保護得很好了，毀滅在哪裏？公曆 2011 年的夏天，喬布斯宣佈從蘋果公司辭職。

5

從記事兒以來，小浩浩似乎一直分不清現實和夢境。他四十歲之前，一直嘗試在夢境中找到自己一輩子應該做的事兒，夢境一直像一面哈哈鏡，呈現的畫面總是讓他不敢確定有沒有科學性。

在一生之中，正常人類平均的睡眠時間超越平均的學習時間，睡眠中做夢的時間超越學習中神遊的時間。小浩浩總覺得他白天裏眼耳鼻舌聲意收集的海量信息都在睡眠裏被拚命消化和整理，而睡眠裏，眼耳鼻舌聲意也在一刻不停地用夜晚模式在進一步收集海量的信息。

他試圖追隨夢的指示去安排他在現實裏的戰略方向：跳過

霹靂舞，倒賣過電腦，教過英文，辦過英語培訓學校，還寫了一本書，也叫《我的奮鬥》，還在一個社會主義國家正式出版了。他總覺得似乎還是有甚麼地方不對。

公曆 2011 年 10 月 7 日，小浩浩給我打來電話，說：「喬布斯下葬了，還在今天，更說明，我繼承了他的衣缽，科技進步，之後就看我的了。」

我像捧哏，問：「你為甚麼這麼說？」

「我在他死前連續夢到他七天。這七天，我在睡夢中接收了海量信息，我有理由相信，主要信息來自喬布斯，你如果不信，你把喬布斯的銀行卡給我，讓我試三次，我有信心，我輸入的密碼是對的。這七天，每天醒來，比睡前還累。我越來越有一種不祥的預感，喬布斯在把他肉身裏最重要的信息、他特別想留給某個地球人的信息拚命高速拷貝給我，他知道他的時間不多了，或者說，他留給自己的時間不多了。我從來沒有連續夢到任何人七天，包括我的初戀女神。而且他死後在七號下葬。這一切都說明，我就是他選好的接班人，不可能有第二種解釋。我要做手機，喬布斯重新定義了手機，我要重新定義喬布斯死後的手機，我先做東半球最好的手機，然後做全地球最好的手機，然後做下一代手機，直到做出適用於靈魂網絡的手機，人機一體，一念千年。到那時候，你可以和褒姒、妲己、你死去的姥姥通電話，資費開始可能挺貴，和公曆 1975 年的中美長途似的，十塊美金一分鐘，但是很快直線下降，任何一個活人都負擔得起。你不要用那種眼神看着我，我是認真的。你嚴肅點，打開你知識的邊界，釋放你的想像。你想想，人腦記憶的存在形式是甚麼？喬布斯見識的存在形式是甚麼？如果沒有存在形式，怎麼會記得和使用？如果有實在的存在形式，為甚麼不能複製、傳輸、繼承？其實，現在的科學技術就可以做個雛形出來。我有一個偉大的想法，做一個『人鬼情未了』APP。比如你爸爸死了，當然，你爸爸還沒死，比如，比如。比如你爸爸死了，你很懷念他，不能自拔，你可以下載這個『人鬼情未了』APP，然後上傳你能找到的一切你爸爸的信息：郵件、短信、微信、微博、錄音、錄像、照片、著作等等。這個 APP 也會用自己的搜索引擎和算法在網上找關於你爸爸的一切，這個一切可能比你收集的那個一切更豐富。根據這些信息，這個 APP 會合成一個你爸爸，會給你發郵件、短信、微信、微博，甚至可以給你打電話，和你討論事情，幫你出主意，給你建議，儘管還沒有一個具體的肉身，但是三觀、思維習慣、口語習慣、筆頭表達習慣都和你爸爸一樣，讓你感覺你爸爸並沒有死，只是去另外一個城市出差或者度假去了。十年之內，等 VR 以及 3D 打印機再進步一點，給你一個你分不出真假的有肉身的你爸爸，還是有相當可能性的。畢竟，你和你爸爸也不會有太多肉體接觸。我不知道你，我自己五歲以後就不親我爸爸了。我倒，我按第六天夢裏喬布斯給我的密碼進入了他的電子郵箱，我的電腦正在瘋狂下載，太刺激了，我不和你電話聊天了，我去改變世界去了。」

6

我到了朱紫所在的城市，想想有誰可見、想見誰、誰能人畜無害，就想起了朱紫。

「2011 年就快過去了，晚上一起吃個飯吧？」

「好。反正也 11 月底了，一起慶祝新年吧。」

朱紫說我是她見過的不太讓人煩的少數的成年人之一，就像她還未成年似的。朱紫說覺得我長得很親切。我報了我的年齡。她說，「難怪，和我小叔叔同年同月生，還是一個星座的。」

然後朱紫就講了一晚上她的小叔叔，彷彿她小叔叔是她初戀一樣。

她小時候和爺爺、奶奶一起住，她小叔叔也是。她小叔叔在十五歲到二十歲之間，只做兩件事，一件事是對她發功，另一件事是在院子裏接收宇宙信號。她小叔叔說，如果她有慧根，他可以把她變成和他一樣的人。每次她小叔叔隔空向她推掌，她總是做出各種被觸摸了的表情。她小叔叔問她甚麼感覺。她說，熱的流動，光芒萬丈。後來，她在她小叔叔瞇起眼睛的時候，就開始做出被觸摸了的表情。她小叔叔沉默了一陣，看了眼天，天上有兩隻燕子飛過。她小叔叔對自己小聲說，看來這是精進了，地球人是可以通過培訓成為準外星人的。飯做好了，爺爺、奶奶總是不敢叫她小叔叔吃飯，總讓她去叫。叫到第四遍的時候，她小叔叔就會吼她，「肏你奶奶，你要是再吵，影響了外星人來接我，我就弄死你。」

「後來呢？」我問。

「後來他被送到精神病院去了。吃了很多藥，藥勁兒足的時候，脾氣特別好。」

「再後來呢？」

「他出院了，結婚生了個兒子，他現在最大的樂趣就是和他兒子打電子遊戲，星際爭霸。」

7

喬布斯一直沒想好在公曆 2011 年夏天之後的哪一天圓寂。

喬布斯也沒想好圓寂的那個瞬間應該是甚麼樣子。自從辭去職務之後，他很多次在腦子裏想像那個瞬間。有時候那個瞬間彷彿蹦極，他需要一時的決絕，彷彿當初他做一個重大的商業決策，儘管他知道，拉閘之後很可能不是一片靜寂，他還是在那一時不能行雲流水。有時候那個瞬間就和其他瞬間沒甚麼區別，彷彿無數片樹葉在無規律地搖晃，忽然有一片葉子掉了下來。有時候那個瞬間介於有意識和無意識之間，彷彿失手掉了茶杯，杯子在石磚上碎開。這個瞬間也可能在睡夢中發生，彷彿那顆精子碰撞卵子細胞壁的瞬間，彷彿胚胎的心臟第一次跳動。

在喬布斯想像那一瞬間的過程中，他同時在想，誰會是下一個喬布斯？他會對下一個喬布斯説甚麼？如果只説一句話，他説甚麼？如果可以説三句，他説甚麼？

喬布斯考慮從如下三個感悟中選擇一個：

「把每一天當成最後一天過，過好每一天。」

「不要問現在技術能實現甚麼，而要問你要甚麼，然後堅持到周圍人都想砍死你，然後你得到了你想要的產品，然後你得到了一切。比如，你要日用的機器漂亮，漂亮到不用也養眼，漂亮到摸上去也養手。比如，你要日用的機器安靜，安靜到風扇的聲音也聽不到，彷彿你媽睡着了還忘記了打呼嚕。」

「人是會死的。」

斯坦福醫療中心的醫生費了很大力氣，試圖説服喬布斯在胰腺癌手術後多吃東西。喬布斯的理論是，不吃或少吃才能更好地殺死術後殘存的腫瘤。

8

公曆 2015 年 8 月底，我收到了小浩浩寄過來的一個包裹。打開是七部手機，七個不同的顏色：赤橙紅綠青藍紫。

我自己留了一部紅色的，其他送給了周圍的人。

9

朱紫打電話讓我去她辦公室，説要給我看個東西。我説能不能發截屏給我、能不能微信留言、能不能電話裏説。她説不能。

我走進朱紫的辦公室，她電腦開着，她的表情似乎是活着見到了鬼。

「你知道小浩浩在做 C 輪融資？」

「聽説了。」

「領投的那家私募股權投資公司僱了我來做人力盡調。」

「於是你算了小浩浩的屬相、星盤、血型、八字、面相、手相？」

「我最近在嘗試一種新的人力盡調方式。你慢慢聽我説。有家古怪的生物科技公司向我建議了一種古怪的分析方法，開始，我也不信，但是他們這次不收費，我想，不妨一試，多一個角度看問題也是好的，如果太荒謬不用就是了。這家生物科技公司的技術主管問我，你想測小浩浩甚麼？我說，我想測他是否真繼承了喬布斯的衣鉢，還是只是有喬布斯的毛病、沒有喬布斯的命。如果他真的繼承了喬布斯的衣鉢，這一輪的估值就合理。這個技術主管嘿嘿一笑，說，『如果想測別的，現在這個技術還沒有完善到這個程度，但是測小浩浩是否喬布斯附體，我們剛剛解決了這個問題。你知道 DNA 吧？你知道基因吧？宗教領袖的產品意識和蠱惑氣質也是由某些基因決定的。我們很偶然地收集到了從唐初到清末幾百個禪宗大和尚剃度時留下的頭髮。誰留下的？你知道，有些大媽是有收集癖的，她們還收集了大和尚們一些其他部位的毛髮，你知道，毛髮裏的 DNA 是最容易完整保留的。她們還收集了一些大和尚們掉了的牙齒，這上面的 DNA 不是很好用，有很多細菌殘留的 DNA 會造成干擾。她們當然還收集了一些所謂的舍利子，但是骨頭裏的 DNA 基本都被高溫破壞掉了，提取不出來了。我們新開發出了一個基因檢測和計算平台，用那這個平台測糖尿病，發現和四十五個基因位點強相關，測大和尚們的創造能力和蠱惑氣質，發現和五十一個位點強相關』。」

「後來呢？」天還沒黑，我眼前有些發黑，感覺後脖子有些冷汗滲出來。

「後來我們設法從斯坦福醫學中心找到了喬布斯的一些頭

髮。在這個平台上測，五十一強相關位點，喬布斯都有，而且強度都很高，你看喬布斯的結果圖。然後你看這個。」

朱紫給我看屏幕。屏幕上閃爍着五十一個強光點，和喬布斯的結果圖幾乎不可區分。

朱紫說：「這是小浩浩的基因檢測結果。」

10

多年以後，小浩浩站在第一代靈魂手機 sPHONE 的發佈會現場，面對一萬一千個地球人，準會想起我 2007 年 7 月 7 日在加州灣區帕羅奧圖鎮上給他買第一代蘋果手機的那個遙遠的黃昏。

圓覺

1

乾隆帝從小就聽說，得道高僧的肉身能發出美妙的香氣，不同於常人，不同於世間禽獸草木，不是純肉味兒，也不是純菜味兒，他在三世章嘉呼圖克圖若白多傑身上印證了這個傳聞。

雍正二年，藏曆木龍年，西曆1724年，乾隆帝十三歲，還是皇子弘曆，第一次和小他六歲的三世章嘉呼圖克圖若白多傑行抱見禮。他聞到三世章嘉的肉身發出煙草、檀香、沉香、乳香、獸皮、麝香、龍涎香等植物香和動物香的混合香氣。

2

康熙六十年，西曆1721年，北京的夏天出奇炎熱。狗不分老幼，齊刷刷頹倒在槐樹、柳樹、房檐的陰涼裏，身體表面盡量大接觸地面，舌頭盡量長伸出來，眼皮不抬，只隨陰涼的移動，微調身體頹倒的位置。這是弘曆少年記憶裏最炎熱的一個夏天，他跟着父母，陪伴祖父康熙帝去了承德避暑山莊。

這是弘曆第一次出北京城，感覺非常新奇。皇瑪法已經很老了，還是不停地宴客、閱讀、批奏章。皇瑪法幾乎事事都拉他在身邊，時不時和他說幾句讓他似懂非懂的話。弘曆不輕易點頭，全力聽每個字句。覺得皇瑪法或許有空的時候，他也常常主動問些問題。

「這裏為甚麼比宮裏涼快啊？」

「因為更靠北方，靠近我們祖先的地方。因為這裏有山，這裏地勢高。」

「這裏為甚麼沒宮裏好看啊？房子都土土的。」

「這裏用的材料不比宮裏的差，你仔細看看。」

康熙用鞋底蹭了蹭地面。

「地面的石頭上都是紫色的暗花紋啊！」

「這裏的木頭也是刀砍不斷，有金石聲。」

「您幹嘛每年都打這麼多兔子、鹿、狐狸啊？」

「我們的江山是打出來的，在城裏住多了，就忘了。在城裏，在床上騎女人多了，也就忘了如何騎馬了。能打兔子，就能打人，就能打天下。總不打兔子，久了，就有人不怕我們了，就有人把我們當兔子打了。我明年不僅要打兔子，我還要去打虎。《金史》裏說過，完顏阿骨打東山射虎，我也要射虎。自己射的虎，剝了皮，放在自己的床上，床上再放個又騷又結實的女人，像我們的祖先沒進北京城之前一樣。」

康熙把避暑山莊的側堂「萬壑松風」給弘曆住。弘曆的耳朵好，每天晚上聽着山風入睡，他聽出不同樹木發出的不同風聲，松樹的聲音細碎而尖，好聽。

相比騎馬打兔子而言，弘曆更喜歡漢人拿漢字寫出的「萬壑松風」中包含的東西。騎馬打兔子、射虎，似乎是肛門、雞雞、盆腔的快樂，快樂的源頭在肚臍以下，「萬壑松風」似乎是心和腦子的快樂，講不太明白，說不出來的飄，引着人往天上飛。

弘曆聽着風入松，風出松，松風入夢，夢正夢。

他在承德從來沒夢見過東山射虎。

3

康熙六十一年，西曆 1722 年，康熙帝駕崩，雍親王即位，年號雍正。

七年前的 5 月，二世章嘉呼圖克圖阿旺曲旦在多倫諾爾圓寂。消息傳到京城，康熙帝三天無言。三天後，康熙帝和雍親王預言了七年後的大劫難：「你的麻煩來了，我們的麻煩來了。」

「皇阿瑪，怎麼講？」

「二世章嘉沒了，大清的大難臨頭了。這一難，大於我們之前的一切劫難。」

「我們一能頂百的精兵還在，殺人如麻的將軍還在，不怕。我們沒入山海關的時候都不怕，現在家大業大，富有天下，我們還怕甚麼？」

「我不直接回答你。我問你，為甚麼漢人說，滿人過萬，天下必亂？」

「我們能打。漢人種莊稼，蒙古人和藏人放牧，養牲口，滿人打獵。我們是獵人，上馬廝殺是我們從小長大唯一會做的事兒。」

「對的。還有，我們團結。」

「對，蒙古人不團結，藏人又離得太遠。」

「如今二世章嘉不在了，天下籠不住了。我們的精兵死了一大半，剩下的在京城住多久了？哪個還天天打獵？過去是打天下，要麼一起大秤分金，要麼一起死，能不團結嗎？現在，將軍們都富了，但是一個人多拿了，另外一個人就得少拿，能團結嗎？再說，就算我們的精兵都還在，總共有多少啊？幾個蒙古部落聯合在一起就比我們多太多。人家沒在京城享樂，一直在漠北放牧，屁股和馬背親得很。蒙古人的強大還在於他們的後勤供給，他們沒我們能殺，但是他們的牲口和氈房跟着他們走。他們的整個存在是在馬背上，想打到哪裏，給養就能跟到哪裏。所以他們能殺得很遠、殺得很久。如果他們願意，他們能殺到世界盡頭，殺到最後一個敵人倒下。蒙古人的問題在於不團結，但是他們都開始信佛教了，達賴喇嘛如果用心聯絡，蒙古人的聯合只是時間問題。這麼多年，我為甚麼力挺二世章嘉？為甚麼我只封了一個國師？二世章嘉在，二世章嘉聽話，青海就是我們的，青海隔開蒙藏，蒙藏就聯絡不起來，達賴喇嘛就永遠不能一人獨大，就永遠比我小。不用擔心漢人，他們只要有口飯吃，都能通過背誦唐詩獲得快樂，尋常的風、陌上的花、隨處可見的月亮，都能讓他們滿足，他們沒動力造反。」

「如今二世章嘉不在了。」

「不在了。一個二世章嘉抵過一萬滿人騎兵。我們的劫難到了。」

「今年？」

「最快要等我死後。我一生組織過無數的戰爭，我看過的漢人的書比這幫混蛋加起來看過的都多，我在，他們不敢。我一生打過無數隻兔子、鹿、狍子，我去年還射死過老虎。」

「那就沒有劫難，您多慮了。皇阿瑪萬歲，萬萬歲。」

4

康熙六十一年是藏曆水虎年，西曆 1722 年，康熙帝駕崩，青海蒙古各部群起反清，三世章嘉呼圖克圖若白多傑駐錫的佑寧寺是反清的總部。

雍正二年，藏曆木龍年，西曆 1724 年，在兩年的征戰之後，在付出重大傷亡之後，年羹堯和岳鐘琪的部隊終於來到佑寧寺，將寺廟團團圍住。

佑寧寺被合圍之前，八大護法沿着大通河護送七歲的三世章嘉，到達大通河上游草木豐美的森林。他們已經派出四路精壯的僧侶向藏區和漠北求救，他們估計隨身攜帶的乾糧足夠支撐到大批救兵的到來。

佑寧寺最後的決戰沒有任何懸念，完全喪失戰鬥力的六千僧俗被圈在佛殿前的空場，沒人發出任何聲響。年羹堯和岳鐘琪沒有找到三世章嘉，殺了幾個僧人，沒人說出三世章嘉逃走的方向。他們的眼神堅定，非常不解，滿洲人為甚麼會有絲毫期待他們會提供任何線索。

年羹堯和岳鐘琪估計，七歲的三世章嘉體力和騎術不會讓他逃出很遠。

年羹堯命令清兵用最鈍的刀、最痛苦的方式，慢慢地、一個個地殺死空場裏的六千僧眾，命令清兵盡可能讓被殺的僧人發出慘叫。清兵的鈍刀，錘子一樣砸爛一個又一個僧人的身體，僧人似乎有意識地盡全力爭取發出盡可能小的痛苦的聲音，似乎可以通過減少發聲而減少不遠處三世章嘉可能的焦慮。這些僧人表現出的非人品質深深觸動了年羹堯，他充份意識到，這些僧人以及他們感召的信眾是絕不可能被刀劍解決的，他們的信仰讓他們不畏懼生死。

「要麼放棄統治他們，要麼控制他們的信仰。」

年羹堯充份理解了雍正帝為甚麼要求他毫髮無損地把三世章嘉帶回北京。

三世章嘉的聽力遠遠好於八位護法，很小就能聽到遙遠的聲音。他清楚地記得，他剛出生時，來尋找二世章嘉轉世靈童的僧人朝他奔來的馬蹄聲。在清兵錘殺九個僧人之後，三世章嘉起身上馬，沿着大通河往佑寧寺騎去，八大護法表示了短暫的異議，然後就做出了集體跟隨的決定。

三世章嘉回到佑寧寺之前，六百個僧人被錘殺，剩下的五千多僧眾發生了集體騷動，全部被清兵的馬刀殺死。年羹堯想起史書記載，項羽曾撲殺三十萬秦兵，在一瞬間懷疑史書的真實性。「沒有繩子拴着，幾十萬人一起知道終是一死，一起拼死反抗，怎麼撲殺啊？」

年羹堯下令焚燒屍體和廟宇，屍體焚燒發出的噼啪聲比僧人被錘殺的聲音還響亮。

三世章嘉被清兵圍住的時候，所有六千具屍體已經沒有了任何聲音，只剩建築物燒損後坍塌的聲音。空氣裏盤旋着佑寧寺建寺以來從來沒有過的烤肉味，灰煙遮蔽了盤旋在天上的日頭和禿鷹。

5

藏曆木猴年，西曆 1644 年，二世章嘉呼圖克圖阿旺曲旦出生。是年，順治稱帝，是為大清順治元年。是年，也是大明崇禎十七年。

順治十二年，藏曆木羊年，西曆1655年，二世章嘉第一次見到入京朝覲路過佑寧寺的五世達賴喇嘛阿旺洛桑嘉措。達賴喇嘛為二世章嘉傳授沙彌戒。

藏曆水虎年，西曆1662年，二世章嘉入藏，第二次見到五世達賴喇嘛，授比丘戒。是年，康熙登基，是為康熙元年。

二世章嘉利用和五世達賴喇嘛的短暫會面時間，詳細探討了生死和轉世，一個屬於個人問題，一個屬於組織問題。五世達賴喇嘛用花開花謝和春夏秋冬批駁了時間的線性：

「一朵花謝了，另一朵幾乎一樣的花又開了，你怎麼能確定這朵花一定是開在那一朵花後面？如果四季是輪迴，你怎麼能確定冬天一定是在秋天後面？時間是個體經驗的整體認同，無非就是一個肉體從生到死。其實，這種從生到死，和其他個體毫無關係，時間的線性是禁不起推敲的。」

五世達賴喇嘛撿起一塊雞蛋大小的石頭扔進兩人面前的湖面，湖面的平靜被打破，然後又自己回覆。

「如果世界是這個湖，時間就是這塊石頭。」

二世章嘉用一朵花為比喻，向五世達賴印證生死：

「如果一朵花謝了，另外一朵花一模一樣地再次開放，是不是這朵花就是上一朵花靈魂不死的證據？」

「是。」

「如果這朵花還沒謝，另外一朵一模一樣的花已經開放，又說明了甚麼？」

「靈魂不一定要轉到一處，可以在轉到你身上的同時，轉到一隻狗身上，彷彿一陣風可以吹動整個山坡上的萬物。時間不是線性的。」

「這就是為甚麼我有時候看一隻狗，覺得它的眼神兒裏充滿懂得，似乎知道我的一切。這就是為甚麼我有時候覺得您的想法和我一模一樣，一樣到我懷疑我們同是四世達賴喇嘛的轉世。」

「提到轉世，這涉及另外一個問題，這個問題不只和靈魂不死有關，它更是一個組織問題。如何解決繼承，歷來是塵世最大的問題，不是漢人孔丘說的飲食問題和男女問題。如果不解決繼承問題，每次首領死亡，每次重新廝殺出新的首領，人類總數不會多過猴子。君權神授還是君權民授？君權神授相對容易解決，老子傳給兒子，兒子不只一個，就盡量傳給長子。沒兒子就比較麻煩，就傳給兄弟，兄弟如果不只一個，就殘殺。君權民授就會非常麻煩，一個人從邊境的西邊旅行到東邊需要一年，一個邊境小城的人民公決結果傳到京城最快要六個月，路上，信使可能被殺，公決結果可能被改。統一全體人民的意志更難，比統一世間花朵的顏色還難。那，神權如何繼承？你我可能來自同一個不死的靈魂，但是，我是四世達賴喇嘛的轉世，你不是。」

「和你相比，我可能在思想、容貌上和四世達賴喇嘛更像。」

「但這絲毫不能改變我是五世達賴喇嘛而你不是。轉世是被一套複雜的程序認定的，這個認定結果是被理藩院奏請滿洲皇帝認可的。於是，在沒有流很多血的情況下，我繼承了四世達賴喇嘛全部的神聖地位和全部社會關係。他們看我，如同看四世達賴喇嘛一覺兒醒來從臥室走出來。」

「這不一定是最合理的。」

「沒有比這種方式更合理了。」

「活人怎麼能判斷一個活佛的靈魂去向和奔跑的速度？」

「有時候，可以的。更多時候，至少能做出最可能的猜測。」

二世章嘉拿出一支香。

「這是京城剛寄到的沉香，我如果點燃，您知道煙飄何處？」

「不知道。」

二世章嘉點燃沉香，煙篆裊然，婉轉頓挫如腰肢、如水墨、如魂魄。

煙篆完全飄散之後，五世達賴喇嘛撿起一塊石頭，奮力往湖的深處扔去。石頭敲擊湖面，激起持續的水氣，裊然，婉轉頓挫如腰肢、如水墨、如魂魄。水氣飄散，和沉香飄散的行跡完全一致，似乎時間重新又走了一遍。

二世章嘉許久説不出話來。

「您還有甚麼控制不了的？如果您願意，您是否能翻手讓滿洲人退回山海關？」

五世達賴喇嘛笑了笑：「我不能控制的太多了，我甚至不能阻擋你和我的兩次見面。再說，為甚麼要控制？為甚麼要滿洲人失去江山？」

康熙三十六年，藏曆火牛年，西曆 1697 年，第巴桑結嘉措終於公佈了五世達賴喇嘛阿旺洛桑嘉措圓寂的消息，為六世達賴喇嘛倉央嘉措行坐床典禮。二世章嘉帶着康熙帝贈送的金冊和金印來到典禮現場，看着六世達賴喇嘛倉央嘉措，他看不到任何五世達賴喇嘛的靈魂。

6

在來京城的路上，三世章嘉時常想到死亡。死亡有時很抽象，像是天上的浮雲，沒有定型，甚至時有時無。死亡有時又很具體，像是路上經過的一座座有名和無名的山丘。

走過一座山丘的一個夜晚，一個貼身的隨從在他睡熟的時候走進帳篷。一刀扎下之前，三世章嘉坐了起來。隨從說，我們還是死吧，您還是死吧，到了京城，如果您還能活很長，不知道他們會用您做出多少壞事情。

三世章嘉不知道如何回答。隨從接着說，那好，還是我一個人先死，您記住我們的族人是如何被像牲口一樣殺死的，如何在被殺的過程中發出粗、燥的聲音。

隨從的刀子很準，刺入自己的身體。身體倒下之前，他沒發出任何粗、燥的聲音。

走過另外一些山丘，時常出現一些殺向馬隊的人。根據刀法的不同，他看出刺客來自不同的地方，藏南、藏北、喀爾喀蒙古、准格爾蒙古等等。讓他好笑的是，他也不確定這些刺客是來殺他的，還是來救他的。三世章嘉於是感覺生死如戲，人生如寄。

每次年羹堯喝多了，三世章嘉就感到明顯的死亡威脅。儘管雍正帝五天五夜快馬加急從京城傳旨，「朕之上師章嘉大國師之轉世尚在彼處，應火速送來京師，不得有分毫差池」，但是年羹堯有無數的正當理由可以讓他死——馬上掉下摔死，水土不服死，惡瘡發作死等等。

對三世章嘉，年羹堯沒有太多敬畏，一直把他當作一個地位特殊的孩子，說話非常直白。從短暫的幾次對話中，三世章嘉很快理解了年羹堯對邊疆蒙藏僧眾的看法。他覺得年羹堯是某種惡神轉世，此世的目的就是殺生和暴死，一刻不能安生。

轉世的惡神無法理解甚麼叫「生生不息」，對三世章嘉這類人物有天生的惡意。這類人物不僅僅是一些個體的人，他們更是土壤、空氣和水，他們的力量讓斬草除根之後的世界重新迅速復原，充滿生命和生機。

越接近京城，路上越是太平，植物越是豐盛，年羹堯的警惕放鬆，喝酒越來越多。趁着酒，年羹堯反覆嘮叨要和雍正皇帝探討治理邊疆的方式，斬草除根的理論。刀子比銀子和女子和各種禿驢和尚都管用，很多時候，刀子不管用的原因，是拿刀的手失去了刀子一樣的兇狠和冷靜。酒後，年羹堯兇狠而冷靜地操女人。

三世章嘉的聽力收音百里。他年僅七歲，還不能清楚地了解年羹堯在幹甚麼，他只是看到年羹堯在用一把刀，一刀一刀地捅那個從來沒見過面目的女人，在發洩他不能一刀捅死自己的鬱悶。

快到京城，三世章嘉得了天花，他拒絕吃藥。今生注定要在漢地傳法，不如先得了，以後省事，如果好不了，就此死了，更省事。

三世章嘉心裏的聲音是：「我就是不吃藥，你弄死我啊。你弄不死我，我就是傳奇。」

7

在窗櫺影子隨着秋光移動的過程中，雍正帝傾聽了年羹堯描述護送三世章嘉進京的經歷，心中一個信念漸漸堅定：天意，天佑大清。

「我的命令是毫髮無損地把三世章嘉帶回來。」

「我毫髮無損地把三世章嘉帶回來了。」

「你怎麼保證亂戰之中做到這一點？」

「我命令兵將，十五歲以下的男孩兒一個不要殺，其他一律殺掉。包括女孩兒，一律殺掉。大漠太遠，去一次不容易，一次殺乾淨，即使以後再亂，也是二十年以後的事兒了。就像除草，光割沒用，明年又長出來，要拔根。哪怕鳥兒再帶來草種，再成氣候，也是多年以後的事兒了。因為不殺十幾歲的男孩兒，我們多死傷了不少人。這些雜種靴子裏有刀，不怕死，而且從背後捅人。我們很多人都是大腿後面被捅。這些雜種還沒有我們人的屁股高。找到三世章嘉之後，這些雜種一個也沒留，都殺了。」

雍正帝聽過年羹堯無數的傳聞，比如，如果白天沒殺人，沒流血，晚上就要睡三個女人，射三次，完成精血平衡；如果三天不騎馬，不射箭，晚上就會失眠，只能騎上馬，跑一個時辰，馬累了，站着睡，他累了，直直坐在馬上睡。

雍正帝在年羹堯身上看到一個天生的名將，他一刻都不能安靜。

雍正帝感到年羹堯在他面前的局促，想回到軍營、戰馬、大漠、戰場。

8

雍正帝一把抱起跪在他面前的三世章嘉呼圖克圖若白多傑。

秋天的陽光明亮，窗櫺形成的陰影格外地黑，雍正帝對於二世章嘉的記憶在一刹間全部綻放，彷彿一陣風過後，雨水從頭頂傾倒下來。

這種記憶的爆發不只是因為三世章嘉的眉眼和臉的輪廓像極了二世章嘉，更是因為眼裏、臉裏盛的光彩，像極了二世章嘉周身發出的暖暖的微火，更是因為從三世章嘉兩側腋窩傳到雍正帝雙手食指的溫度，像極了二世章嘉從前傳遞給他的溫暖。溫暖產生的定精凝神作用，沒有其他人用其他方式給過雍正帝。

在這一刹間，雍正帝完全相信了輪迴和靈魂不死。如果涉及的各方僧俗能夠坦誠遵從本心和直覺，而不是遵從塵世的利益，判斷轉世的準確度讓人不可思議。雍正帝覺得自己抱着的不是三世章嘉，而是二世章嘉的小時候，他的肉身在線性老朽，二世章嘉的肉身滿血復活。時間不僅不是線性的，而且對於各個個體是不同的。二世章嘉的時間轉了一個圈，又和雍正帝的時間產生了一個交點。

和章嘉呼圖克圖的傳世比較，皇子弘曆和自己的相似程度簡直不值一提。縱觀秦漢唐宋元明，如果血親的相似程度有正規轉世的一半，或許就沒有王朝的更迭了，只有秦始皇、秦二世、秦三世，以至無窮世。

夕陽照在紫禁城東北角樓的西側，金光耀眼，雍正帝想到父親康熙帝、兒子弘曆和他自己的腦力、體力、心性，想到二世章嘉同康熙帝與自己的機緣，三世章嘉同自己與弘曆未來的機緣，預見到他們爺孫三代將要創建出史上從沒有過的盛世。

「顫抖吧！所有的僧俗大眾，所有的土地，顫抖吧。」

9

雍正帝命令駐京掌印喇嘛二世土觀活佛照顧三世章嘉呼圖克圖若白多傑的飲食起居，教授禮儀和知識，讓他和皇子弘曆一起讀書，學習滿、漢、藏語言。三世章嘉展現出巨大的學習能力，二世章嘉會的，三世章嘉短短數天間全部熟悉，二世章嘉不擅長的，三世章嘉在數月的練習之後還是生疏。

半年之後，雍正帝讓三世章嘉移駐紫禁城東北的崇祝寺。

這是距離紫禁城最近的寺廟。雍正帝在還是雍親王的時候，買下法淵寺和智珠寺，在兩寺之間建了這座新寺廟，供奉給二世章嘉，康熙帝賜名崇祝寺。法淵寺和智珠寺繼續保留，給二世章嘉的隨行人員居住。

三世章嘉第一次走進崇祝寺，準確辨認出二世章嘉受封的黃幛馬車和九龍褥，對馬車和九龍褥的破損，他磨搓不已，呈現和二世章嘉類似的劃痕症傾向。

10

伏天，坐在陰涼兒裏還是順脖子冒汗，弘曆被熱天煩得不行，離開紫禁城西邊筒子河的府邸，沿北長街往北，繞西北角樓，向東過紫禁城，去崇祝寺看看三世章嘉在幹嘛。

透過藏經閣正搭正交的卍字窗，弘曆看到三世章嘉在讀經。汗水順着額頭往下流，流進僧袍的衣領，消失在衣領下面，兩臂向內彎曲，兩腿向後彎曲，彎曲處的僧袍都浸透了汗水，顯得比其他地方顏色深很多。三世章嘉對汗水和暑熱完全無感，一臉無聲的大笑，一身鑽進經書。

「你在看甚麼？」

「二聖六莊嚴的著述。」

「釋迦光、功德光、龍樹、聖天、無着、世親、陳那、法稱？」

「您記得真牢。我愚鈍，所以要多看、多誦讀、多思量。」

「知道些名字就好了。生命苦短，哪有那麼多時間去細讀歷史上所有的經卷？咱們去玩吧？」

「如果不掌握所有的經典，如何能說我們掌握了現世的最高智慧？」

「你知道嗎？漢人就是因為實在受不了這些繁文縟節，才產生了禪宗。不用經卷，不用苦讀，自心是佛，頓悟成佛。」

「所以漢人的佛法容易虛妄。你不想聽聽我讀無着著作的心得嗎？《俱捨論》極其微妙，一世達賴喇嘛的《俱捨論註疏解脱道明照》也是深刻精絕。其實，一個中觀論中的概念和概念的關係，就夠冥想幾個晝夜了。冥想多了，晚上的夢裏，甚麼瑰麗都有，唐卡、佛像、壇城，要多美就有多美。」

「皇阿瑪就愛禪宗，邊疆不亂的時候，他才不愛提達賴喇嘛和班禪額爾德尼。天氣如果好，他就會拉我們在宮中舉辦法會。下次我也拉你去看看，好不好？最高的大臣，好幾個皇子，都是居士。我們都有名號的。我叫長春居士，萬古長春，萬法歸一，好聽吧？還有人叫自得居士、愛月居士、坦然居士、得意居士等等。名字好聽吧？但是沒有我的長春居士好聽，是不是？禪宗也不難，過一陣天氣涼了，我教你幾個常見的公案，你很快也會打機鋒了。比如甚麼是佛祖西來意啊，一隻手為甚麼沒有鼓掌的聲音啊，你就往開裏想，往無所謂、無差別裏去想，反應快些，就好了，比你看這些經卷容易多了。禪宗不著文字，所以不用讀經，挺好吧？咱們出去玩耍吧。」

「去哪裏玩耍？」

「去景山，好不好？上到萬春亭，我給你看京城的三條龍。中軸上的土龍，鐘樓、鼓樓、景山、紫禁城、正陽門、永定門。幾個海子形成的水龍，南海、中海、北海、後海、前海。還有很少人知道的地下的龍！我不告訴你具體位置，在京城的地下，很少有人知道。挖得很寬，能跑馬，通到玉泉山，然後出地面，然後騎馬，能跑到熱河、跑到山海關、跑到關外祖庭。那去正陽門外的集市，好不好？給你些銀子，你買點你喜歡的東西，一定要討價還價，這樣你漢話很快就會説了。然後咱們去吃冰，好不好？我帶你直接去北海雪池冰窖！大口吃冰，澆桂花糖汁兒。以後日子多了，我帶你看遍北京的廟，還有周圍的山。」

弘曆沒讓三世章嘉騎馬，抱了他到自己的馬上，放到自己身子前面，讓馬緩緩走。

「你是香的哎。」

「怎麼會？看書流汗，汗臭吧？」

「説不出來的香，不是汗臭，是香。青草、泥土、皮革，甚至經書香哎！」

「怎麼會？我聞不到。」

「你這個樣子還看甚麼二聖六莊嚴啊？你直接坐着就是活佛了啊！」

「不是的，不是的。五世達賴喇嘛就説過，愚昧低賤的幼童，裹上綾羅綢緞，坐在高座之上，向愚蠢的信徒們炫耀，是最可怕的冰霜，摧毀佛法的蓮花池。」

從冰窖回來的路上，三世章嘉左手端着一塊冰，對弘曆説：「您看，如果護持得好，夏天也能有冰，太陽也拿它沒辦法。

還有，您要記得釋迦摩尼涅槃前對阿難説的話：遠離婦女，不要見婦女，如果非要見，不要和婦女説話，如果非要説話，要警醒，婦女可能每刹那都在試圖擾亂您的心智。」

「哪有那麼嚴重？現在各種廟裏不是有很多度母、明妃？還有很多抱在一起的吶。」

「那是釋迦摩尼之後，和尚們太高估計自己的心智，太低估計了人的弱處。」

「你怎麼會提醒我這個？」

「集市裏您看了好些眼婦女。您要記得佛的遺言，要遠離婦女。」

三世章嘉説這些話的時候，一直沒有回頭，一直看着左手的冰慢慢融化，冰水點點滴滴落在馬的鬃毛上。

11

入冬之後，下了兩場大雪，京城的柳樹葉子還是綠色的。三世章嘉反覆研讀龍樹師徒的著作，反覆背誦《中觀根本慧論》，希望在這個冬天徹底了悟中觀論的精義。

在不厭其煩的背誦中，三世章嘉常常陷入恍惚，一會兒聽到雍正帝在紫禁城裏和漢地高僧探討曹洞宗公案的朗聲，一會兒聽到青海佑寧寺的僧人在鈍刀錘殺之下隱忍不發的悶聲。車輪和棉鞋軋過崇祝寺門口小路上的積雪，發出巨大的聲響。他感到萬物皆虛，諸意皆妄。

三世章嘉把弘曆送他的文殊菩薩銅像擺放到枕邊，反覆背誦《中觀根本慧論》，反覆朝着銅像祈願。

12

弘曆放下手中的漢藏文經典，試圖和三世章嘉比較誰可能更偉大。

「我沒能成為第一個皇帝，秦始皇是第一個皇帝，但是，我有可能成為最偉大的皇帝。在位時間最長，疆土最大，百姓最多，十全武功。」

「比康熙帝在位時間還長？」

「如果我想，一定能。我有皇瑪法的元氣，我有很好的起居習慣，我不愛娛樂性睡婦女。但是，我會照顧皇瑪法的面子，等我在位六十年之後，我主動退位，比皇瑪法在位時間少一年。這樣做，漢人說，是惜福之道。」

「元朝的疆土最大，他們在東南西北四個方向都打到了海邊，大清只是在東邊和南邊到了海邊。」

「我說的是有效控制的疆土。蒙古人從來都是這樣，跑過來，打下來，掠奪完，再跑走。而且，我的百姓一定是史上最多的，最幸福的。」

「真是太好了。」

「我不只要做一個好皇帝，我還要做一個好詩人。我一天寫一首詩，我連續寫三十年，一萬首詩，厲害吧？沒有哪個皇帝有我這樣的文采。不是皇帝的文人也沒有誰能達到我可能達到的數量。我還會收集歷代漢人、蒙人、藏人最好的字畫珍玩，在所有的字畫上題上我的詩歌和讚美。這些偉大的字畫世世不絕，我的字跡和詩歌就會世世不絕。」

「您英明神武。您一定能做到您計劃的一切。」

「登基後，我還要建一座紫禁城裏最高的建築，我要叫它雨花閣，供奉這些神佛。我要再建六座佛樓。事部、行部、瑜伽部、無上瑜伽父續、無上瑜伽部母續，加上顯宗的般若部，就是六品。我要叫他們六品佛樓。我要再建一個偉大的佛教學校，就在我出生的雍和宮。給你住，你別回青海了，好不好？」

「您快過生日了，我要送您一個生日禮物。」

「我將會富有四海，你能送我甚麼？你的一切，除了從佑寧寺帶來的一點雜物，都是皇阿瑪賞賜的。你能送我甚麼？」

「我送您的這個，是世上不曾有過的，是來自我的腦子和我的手，是全新的創造，能幫您早日成就十全武功。這是我對您的祈福。」

13

三世章嘉連續做了七天夢。

連續七天的夢裏，文殊菩薩的各種妙相反覆出現。在第七天的夢裏，他的上師二世土觀活佛放了六顆金珠在他床上的六角，文殊菩薩的銅像頂上發出夕陽般的光輝，散射到床上的六角。六個角落裏，蓮花開放，每朵蓮花上都頂着一顆金珠。

三世章嘉向土觀活佛和喜饒達傑請教這七天的夢境。兩位上師的共同見解是，三世章嘉全面展現了前世章嘉對中觀論的精深掌握。土觀活佛還發表了另外一個見解：大清皇上是文殊菩薩的世間化現，三世章嘉連續夢到文殊菩薩，表明了他和大清皇上之間存在着某種隱秘的可能。

土觀活佛進一步詢問，在他的夢裏，文殊菩薩是和雍正帝更相像，還是和弘曆皇子更相像？

三世章嘉沒有給出明確的回答。

14

在慶賀生日的繁文縟節完畢之後，在午夜來臨之前，弘曆打馬來到崇祝寺。在昏暗的房間裏，三世章嘉給弘曆展開了一本畫冊。

「這是我畫的《三百佛像集》，裏面描述了佛教完整的神系。事部、行部、瑜伽部、無上瑜伽部，密宗四部，三百尊佛，每尊佛的標準像，標準裝飾，標準手持物，標準咒語。」

在昏暗中，弘曆一頁一頁翻看。從三世章嘉右手食指指示的一個角度看過去，每頁的佛像都從書冊裏坐立起來，立體圓雕，寶相莊嚴，佛像下面的咒文發出藏語平緩的音。

弘曆翻過最後一頁，第一頁又呈現在他面前。時間和佛法轉了一圈，開始了對他的第二圈開示。

「你有我沒有的一切。你將會是一個多麼偉大的喇嘛啊？!」

「我只是無數喇嘛中的一個，無數活佛中的一個，無數沙粒中的一個。肉身腐朽之後，我的靈魂繼續遊蕩。我一直發願，如果死在您前面，我不一定轉世為人，我願意轉世成任何能夠幫您的事物。」

「你的意思是，你變成鬼也不放過我？」

「不是。我可能會轉世為一匹馬，跑得比箭還快，您的敵人就射不死你。我可能會轉世為一冊書，您看了，比看其他書有領悟，因此，您多避免了一個失誤。」

15

這個對話的十年之後，雍正十三年，藏曆木兔年，西曆

1735 年，雍正帝駕崩，停靈雍和宮。弘曆即位，是為乾隆帝，封三世章嘉呼圖克圖若白多傑為國師。

乾隆九年，藏曆木鼠年，西曆 1744 年，在三世章嘉的監管下，雍和宮改建成寺廟。

乾隆十年，藏曆木牛年，西曆 1745 年，乾隆帝跪在墊子上，接受坐在高台上的三世章嘉呼圖克圖國師若白多傑的勝樂金剛灌頂。距離數丈，乾隆帝又一次清晰聞到了那種不屬於任何植物也不屬於任何動物的混合香氣。

佛像輪轉，時間綻放。一剎那，乾隆帝大步踏進雍正二年。那一年他十三歲，若白多傑七歲。

陰蒂瑜伽師

1

在一個曾經和沒有曾經的年代，有個神奇的女子叫楚大羽，她是那個有的、沒的時代裏最了不起的陰蒂瑜伽師。

楚大羽生來就是一個花兒一樣嬌美的女子，她很早就覺得嬌美的女子和花兒沒有本質區別。女子的一生就如同花開和花敗，一生的無意義就如同花的無意義，不需要定義就如同花也不需要定義。

楚大羽還覺得，如果女子的胴體是花，陰蒂就是花的柱頭，一樣和其他部位不同，一樣純淨、驕傲和美好。

楚大羽對着鏡子看自己的臉，粉嫩瓷白得真像花瓣一樣，捏一下，比花瓣還溫潤緊實。楚大羽把鏡子放在兩腿之間，陽光從窗子裏直接打在兩腿交匯的深處，陰蒂在陽光的擊打下慢慢綻開，真的像柱頭一樣，在一層層的花瓣中高高挺起，等待着某些無名但是非常確定的事物降臨。看得久了，看得次數多了，楚大羽真的看到她的陰蒂上凝結出一滴液滴，和柱頭上的露水一樣，透明、閃爍，在有和沒有之間，在真實和虛幻之間，將生將滅。

陽光之下，這滴液滴裏又映出另一個小了很多的陰蒂，那個陰蒂上也凝結了一滴更小的液滴，這滴更小的液滴再映出一個極其小的陰蒂，極其小的陰蒂上也凝結了一滴極其小的液滴。如此下去，直到目力的盡頭，儘管目力的盡頭，遠遠不是事物的盡頭。

2

在一個曾經和沒有曾經的年代，有個神奇的男子叫龍青須，他是那個有的、沒的時代裏最有錢的男人。

龍青須生來就帶了很多、很重的胎記。

身子上到處都是胎記，遠看不太好確認哪些是胎記哪些是皮膚，近看青藍色的點點、線線、塊塊，彷彿是張時代久遠的地圖，又彷彿是用某種非地球的文字寫成一篇短文。之所以不像一首詩，因為的確不像一首詩。

龍青須的媽媽看着龍青須身體上的胎記，被嚇得奶水噴湧。十三個月之後斷奶，龍媽媽感覺身體被掏空，彷彿不間斷地看了一個十三個月長的恐怖片，而且恐怖片的源頭是自己，於是直接抑鬱了，怎麼也睡不着覺兒，覺得甚麼都沒意思，直接去北醫六院問醫生，快給我一片能讓我快樂的藥，我快難過得不行了。接受治療之後，龍媽媽全身心地投入了社會公益事業，結交了很多佛友，只要不見兒子的身體，全身心就洋溢着飽滿的革命樂觀主義精神。

龍青須臉上也到處是胎記，青藍色的胎記比身體上的似乎還暗一些，彷彿總有陽光找不到的地方，彷彿昨天的黑夜總不願徹底消失。

龍媽媽和上師仁波切還傾訴了更深的秘密：龍青須生下來的陰莖就比龍爸爸的陰莖大。這一點並沒有讓她的恐懼減輕而是加劇了。這根陰莖盤踞在兩腿之間，幾乎是半條腿的長度，而且和兩條腿一樣，天生不自主地蹬踹。

因為陰莖太大，尿褲總是不太合適，儘管媽媽每次換尿布都有意識地調整陰莖，讓龜頭朝下，龍青須還是尿得到處都是。在停止尿床之前，龍青須全身永遠散發着一股尿騷味兒。

因為兒子生來陰莖比爸爸的還大，龍爸爸一直懷疑龍青須不是自己的兒子。儘管從血型上分析沒有明顯問題，心裏一旦有了懷疑的種子，龍爸爸越看越覺得龍青須和自己長得不像。龍爸爸一直暗示龍媽媽，最好去司法部門指定的檢測中心，好好做一次親子鑒定，他好更加堅定信心，更好地抵擋周圍人滿懷惡意的懷疑，彷彿在老窯瓷器的底部取兩個三角形樣本做熱釋光測試，的確有些美好被破壞了，但是有些信念更堅定了。

龍媽媽心裏默念，「傻屄，男人都是傻屄」，一直沒搭理龍爸爸。

3

楚大羽最喜歡的時光是兒時的時光，她的理想是把一輩子的時光都過成兒時的時光。她也是這麼做的。

人類兒時的時光最像植物，女孩兒的時光最像花，每天都很漫長，除了睡和吃之外，就是玩。其實，如果廣泛定義，睡和吃都是玩。而且，最好玩的都是自己的胴體和世界萬物的接觸。

楚大羽每天都夢見同樣一個不可名狀的東西，儘管在夢的黑暗裏也閃閃發光。在每天的夢裏，這個不可名狀的東西都變化各種方式和楚大羽的胴體玩耍，一直玩到楚大羽的胴體也閃閃發光。在最美的夢裏，楚大羽的陰蒂都會着起火來，螢火蟲一樣，蠟燭一樣，油燈一樣，篝火一樣，星星一樣。令楚大羽驚喜的事兒，每次從美夢裏醒來，陰蒂都還在，而且沒被夢裏的火燒焦，而且更加粉嫩水潤，蓮花一樣，筍尖一樣，冰淩一樣，花的柱頭一樣。

夢醒之後，太陽公公也已經出來了。除非餓極了，楚大羽盡量不哭，這樣大人就不會過來哄她，她就可以自己把胴體交給太陽。楚大羽把兩腿叉開，太陽的光線跑過星際遙遠的距離塗抹在她的陰蒂上，她知道，另外一些光線在同一時間也塗抹在花的柱頭上。如果天氣好，大人會打開一點窗戶，微風會進來，讓一切動起來，還會帶來一些說不清的世界的味道。楚大羽會盡量挪動身體，讓陰蒂迎着風，風裏有花的柱頭的信息。每個花的柱頭都可以平等地做夢、吹風、曬太陽，每個陰蒂也可以。為甚麼不可以呢？至少夢、風、太陽沒有說不可以，它們只是說世界不是任何想像的那樣，世界在每一枚陰蒂和花的柱頭的顫抖中在一刻不停地構建自己。

吃奶和吃飯的時候就更是玩耍了。楚大羽每次吃奶的時間很長，每嘬一下媽媽的奶頭都覺得自己身子下的陰蒂也被世界上的某種力量嘬了一下。停奶之後吃輔食，楚大羽每次的每一口都充滿熱愛地用舌頭去觸摸食物。和吃奶的時候不同，用舌頭吃食物的時候，楚大羽覺得她的舌頭就是陰蒂，在主動地理解世界。

所以，無論是醒着還是夢着，無論是吃了還是沒吃，兒時時光都是快樂的時光。

4

可能是因為媽媽的奶水特別多、餵得又久，龍青須的個子長得很大，頭比身子長得還大。成年以後，他觀察周圍，多數人頭和身體的比例是一比七，有些修長一些的甚至達到一比九，但是他目測了一下自己，應該在一比四到一比四點五之間。龍青須非常注意飲食和鍛煉，把體重保持得很好，甚至是偏瘦的狀態，但是因為肩膀上面這個無法隨飲食控制和鍛煉顯著變小的頭，總是顯得很胖。

成長過程中，龍青須也用了小量藥物，但是暗青色的胎記一點沒有減少或者變淺。而且，一到陽光裏鍛煉，胎記就會變大、變深。

同時，龍青須的陰莖一直保持着二分之一腿的長度，和腿一起生長。

除了大面積的胎記、四頭身和巨大的陰莖之外，龍青須有其他男人想有的一切。

在他生活的那個曾經和沒有曾經的年代，龍青須父親和母親的家族所擁有的股票佔全世界股市市值的百分之三，這些財富中很大一部份是通過知識和創新得來的。他爺爺的爺爺是個偉大的發明家，發明了能讓任何傷口在三天內癒合的強力膠布。他爺爺在他媽媽得了抑鬱症之後，發明了無明顯副作用的抗抑鬱藥，吃了開心，情商和智商絲毫不降低，性慾依舊旺盛。他姥爺的姥爺更是厲害，被認為是那個曾經和沒有曾經的年代裏智慧的集大成者，仔細研究了人類精神影響力排名最靠前的十個人的一切，面壁十年，寫了一本《九谷明言經》；又花了十年，寫了一本《九谷隱言經》。仁波切界裏一半以上是《九谷明言經》的信徒，各國元首界裏一半以上是《九谷隱言經》的信徒。諾貝爾獎金獲得者沒有一個人沒有讀過《九谷明言經》和《九谷隱言經》。每次喝多了之後，在講自己的理想之前，龍青須總要講講父親那支兒和母親那支兒各有多麼牛屄，以此旁證自己最終的牛屄和大成就是遺傳的必然。

所以，龍青須有世界上最快的三輛賽車中的兩輛，有世界上最大的私人湖泊和曠野，有北京故宮和台北故宮之外最大的宋代汝窯收藏和明代黃花梨傢具收藏。但是，他並不快樂。大面積的胎記、四頭身和巨大的陰莖給他造成了無窮無盡的不快樂。

因為他是世界上最有錢的男人，世界上每次流行一個九頭身的小鮮肉，下流媒體就拿他的照片和小鮮肉做對比：「看，真是九頭身哎，真是好看哎。不信，你對比一下就知道了。大家看啊，世界總體還是公平的，儘管是最富有的人，也有很多很倒霉的地方。從這個意義上講，世界是公平的，眾生是平等的。」

很多時候，這些下流媒體還拿各種頭部巨大的動物和植物和他對比，以此證明他還屬於地球生物的範疇。每次，龍青須都不好意思難受，不好意思封殺相關報道，但是心裏都很不舒服。

他也追求過很多著名的大美女。他想，她們都是這麼大的美女了，被各種人，特別是各種醜人追多了，對於長相的要求一定不會太高。但是，再大的美女也是女人，沒有任何一個大美女第一次見面對龍青須青黑胎記的臉產生絲毫愛慕。大美女們勉強控制住尖叫，畢竟他是天下首富，需要給他一點面子。但是陪他吃飯的時候，眼睛總在包間的電視屏幕上；不得不飯後陪睡的時候，先關燈或者進屋不開燈；絕不留宿到天亮——

回到自己住處，補看一個淒美的愛情片或者一個無釐頭的搞笑片，再睡。大美女們都不笨，都有機會接觸錢不比他少很多但是臉比他帥很多的男人，都和他保持一個不遠不近的距離，沒一個願意嫁給龍青須。

有一次例外：有個超級大美女有一陣子相信了愛情，自己的生活淩亂了四、五年；淩亂之後，不再相信愛情，美貌還在，青春已逝，經人介紹認識了龍青須，激發了他的基因編碼中的戀姐激素，被他激發了殘存到最後的一點母愛。結婚半年，她有了世界上錢能買到的一切，也睡遍了龍青須身邊一切長得稍稍算得上帥的男人。

離婚手續辦完，超級大美女已經和小二十歲的小鮮肉天天在海邊度假去了，龍青須啓用了在離婚過程中開發的人臉識別系統。這個人臉識別系統以女性對美的認知為基礎，以他的相貌得分為三十分，他身邊得分超過六十分的男性一律被調整工作崗位或者開除。

和四頭身、青黑胎記相比，陰莖過大的困擾更加日常。龍青須晚上一做春夢，陰莖的勃起總會把他驚醒，有幾次還頂到下巴、頂掉了一顆門牙。看毛片之前，一定要先去撒尿。有一次喝多了，龍青須忘記了先去洗手間，看完毛片後巨大的勃起讓他二十四小時沒能排尿，在勃起的狀態下插尿管讓他在之後相當長的時間裏對看毛片產生了強烈的生理厭惡感。

每天下午，太陽要落山的時候，龍青須在七個保鏢的陪同下去街上散步，那是一天裏接觸街頭的唯一時光——戴着巨大的墨鏡，以為別人認不出，儘管巨大的腦袋和四頭身的比例早已出賣了他。走在街上，當他看到一個稍有姿色的姑娘走過，陰莖巨大勃起，和兩條腿一樣長，比任何一條腿還重，龍青須只能陰莖和兩條腿同時着地，三足鼎立，彷彿一個小號的商代三足圓鼎。

每當這種情況發生，保鏢會熟練地打開帶着的輪椅，把龍青須放上去，推着繼續前行。情況發生的概率越來越高，從旁觀者的角度看又很有喜感，成為一大景觀，被下流媒體編撰為帝都新八景之一，學名叫「青須腫脹」。其他八景還有東郊時雨、國貿觀霾、滴滴加價等等。

龍青須的爺爺動過念頭，要不要動用最新的暗黑科技，徹底消除孫子這三個人生缺憾。最簡單的方式是找一個身材比龍青須大幾號的肌肉男和他換頭。換頭之後，頭身比能回到正常的七比一，陰莖也會繼承肌肉男正常尺寸的陰莖。修養一段時間，再優化面部皮膚和五官，只需一年，全新的龍青須就會和動畫人物一樣完美無瑕。

龍爺爺是個有智慧的人，最終還是打消了這個念頭。孫子現在的形象已經太深入地球人的心，相關影像記錄已經超過100Z 的雲端存儲，外形上任何巨大的改變都會上媒體頭條。

在不改變硬件的前提下，龍爺爺試圖騙孫子服用龍媽媽賴以生存的那種無副作用抗抑鬱藥，被龍青須發現，嚴詞制止：

「如果一切都需要人工，那還要人做甚麼？我可以選擇結束自己的生命。如果你想保持快樂，那麼就保持愚蠢吧。真正的大師從不快樂，真正的勇士從不快樂，真正的智者從不快樂。我要用個人的修行來對抗這個殘酷的世界，彰顯我人性的力量和美。爺爺，您想想，我們家族已經是世界上最有權勢的家族，我已經是世界上最有錢的男人，我再不用實際行動來讚美人性，人類還有甚麼希望？我立志用自己的意志改變老天期望我呈現的傻屄特質，我不要靠藥物也要做到：基因組結構穩定、甲基化程度平衡、線粒體能量提升、蛋白組協調健康、端粒長度適宜、有害突變消失、致死基因沉默、腸道菌群和諧、基因互作優化、不利基因失活、有利基因上調、長壽基因開啓、腎上腺素有序、多巴胺表達充足、環境適應增強、代謝途徑順暢、基因網絡協調、『開心』因子活躍。爺爺，我意已決，您如果不同意，我就利用我無比碩大的大腦和陰莖和財力，弄您，讓您不得不同意。」

5

一直到初潮，楚大羽還在玩兒時開始玩的玩具，一遍一遍，好不厭倦。每天放學，把一整箱的玩具倒在地上，隨性玩起，隨性而止，再把所有玩具裝回去。因為長期被摩挲，玩具的表面都有一層薄薄的包漿，古董似的。

在楚大羽初潮前後，媽媽又生了一個妹妹，她的玩具漸漸都被轉給妹妹了。每天做完功課，她就躲進自己的房間裏，鎖上門，開始玩自己的胴體，隨性玩起，隨性而止，然後再去做點兒別的。

楚大羽打開一點窗戶，窗簾被風吹得微微動。她脱光衣服，對着窗戶敞開雙腿。風認真地細細地鑽進她的雙腿間，陰毛飄揚，風沿着一切縫隙盡量進入楚大羽的深處，窗戶外的星光和月光極其小量地隨着風也進入深處。陰蒂看着以及經歷着這一切，陰蒂似乎感到了甚麼。

她覺得每次陰蒂感到甚麼，都是世界在用最真實的語言告訴她甚麼，她有時候懂，有時候不懂。她也不着急，聽得多了，自然懂得會多一些。彷彿讀書，有時候懂，有時候不懂，讀多了，懂得的自然會多一些。彷彿又比讀書直接很多，世界直接把要説的話説給她的最深處聽，而不用告訴某個人類，這個人類又用某種後天學習得半生不熟的語言落在紙面，然後再被她閱讀。

在一個曾經和沒有曾經的某一天，楚大羽做了一個五彩斑斕的夢，夢見所有人類都是裝着不會飛，他們把翅膀摺疊在腰腹部，然後就忘記了。所以，很多人其實不是胖，是藏在腰腹間的翅膀太龐大了。她猜，這對摺疊的翅膀一定可以打開。借助夢境的方便，她召喚夢界和靈界知識最多的巫師泉鏡花，想問問他怎麼打開。

從夢裏距離楚大羽最近的一個井蓋，巫師泉鏡花鑽了出來，問：

「我正睡着，幹嘛叫醒我？你叫醒我，你還在睡着，但是我被你叫醒了，我就是真醒了。你知道吧，吵醒我是要付出代價的。你這次的代價就是你有三天會連續睡不着。」

「我夢見這個很久了。我覺得我應該付出一些代價知道它。人類是有翅膀的，但是我怎麼能讓我的翅膀重新出現呢？」

「你幹嘛想有翅膀？買張飛機票不就能飛了嗎？」

「我沒細想過，我覺得會飛挺爽的。」

巫師泉鏡花接着問：「其他人類都沒要求會飛，你為甚麼想要飛？」

「其他人類和我有甚麼關係呢？你說，某一朵花和其他一切花有甚麼關係呢？」

「你知道吧，有些最高級的秘密知道之後是要有代價的？」

「比如連續三天睡不着？」

「比這嚴重得多。我如果告訴你解鎖翅膀的秘密，你的代價是被所有其他人類笑話一輩子。」

「這個代價比連續三天睡不着覺輕多了。這麼多人笑話我，說明我掌握的是真理。你知道嗎？很久很久以前，我原來作為魚爬出大海的時候，所有其他魚都笑我傻屄來着，但是我後來變成了一隻恐龍。」

「好吧。那我告訴你這個驚天的秘密。解鎖翅膀的秘密就在你手上，具足色相，無須外求。」

「其他呢？然後呢？」

「沒有其他了。沒有然後了。」

巫師泉鏡花就消失了，無影無蹤，任憑楚大羽如何再次呼喚他，每個井蓋都紋絲不動。他再也沒有出現。

「泉鏡花，你這個騙子。學校裏的老師也說，你的成功掌握在你手上。廟裏的和尚也說，自身是佛。你們都是騙子。」

在夢境裏，楚大羽睡不着了，連續三天三夜。她的手把自己的胴體當成裝了秘密的抽屜，一點點翻遍了所有角落。直到第三天的夜晚，她累極了，手也無力地搭落在身體上，指尖掃到陰蒂的尖尖。陰蒂的尖尖出乎意料地反咬了指尖，一股麻痛分兩路串到腰間。在夢裏，她第一次看到了青黑色的羽毛在自己的後腰部綻開。

她在後腰翅膀綻開的聲音中醒來。翅膀沒了，胴體在床上，手和陰蒂都還在。她習慣性地叉開雙腿，夜晚的風、月光和星光持續地輕微地搖動陰蒂。她想起了巫師泉鏡花的話：「解鎖翅膀的秘密就在你手上。」她的手下意識地觸摸她的陰蒂，從各個她可以想像的角度，以她能變化的各種強度和持續時間。忽然，在一剎那，陰蒂冒出一丈高的藍黑色火苗兒，整個胴體無意識地高頻率痙攣，發出一聲巨大而無聲的聲音，似乎要把一切外物都排擠出去，又似乎要將一切外物都吸納進來。

在這一剎那，她看到一對有着青黑色羽毛的翅膀從兩腰伸出，攤了一床。她懷疑自己還在夢中，挪到窗口，打開窗子，一使勁兒，胴體就飛了出去，陰蒂在兩腿之間的最深處持續閃爍，在暗夜中，彷彿飛機上一明一暗的紅燈。

6

在夜色籠罩之下，龍青須戴着大口罩和大棒球帽潛入了舊皇宮東牆邊上的普度寺。

普度寺早已沒了寺廟的樣子，被幾個機構分頭佔了，各自切割空間，安排進出通道和停車的位置。只有地基、山門殿、方丈院還有點原來的樣子。方丈院東北角割出來一間不到十五平方米的小房子，房子裏竟然還有一個很小的玄關和一個很小的接地連天的院子，院子裏有一棵粗大的香椿樹。

龍婆婆住在這裏很多年了。

這些年裏，鬧過好多次拆遷，最後都不了了之。在帝都，涉及寺廟的事兒總是特別複雜。文物局說只要是 1949 年之前的東西就是文物，就需要文物局同意；宗教局說只要是廟就涉及宗教，就需要宗教局同意；土地局說只要是接地氣就涉及土地，就需要土地局同意；規劃局說只要動土就涉及規劃，就需要規劃局同意；園林綠化局說只要動花花草草，就需要園林綠化局同意；四方鄰居說只要讓鄰居們聽見就涉及鄰居們的利益，就需要鄰居們同意；軍隊說這個院子解放後就是軍隊在用，如果沒改朝換代就還繼續用着。

在這些年裏，在普度寺的一角裏，龍婆婆從一個詩歌編輯變成了世界上最知名、最神秘、最貴的靈異大師。團隊一直很小，除了自己，就是一個司機。她砍掉了很多能做但是不想做的業務，比如陰陽間的音頻和視頻通話、超度亡靈、求子，把業務集中到三件涉及天時地利人和的要事上：看豪宅風水、定上市時間表、選接班人。

龍婆婆是龍青須的遠房長輩。多遠？沒人能說清楚。

如果從護照上的出生日期算，龍婆婆是世界上最老的人。但是她堅持說，出生的時候，還沒有護照，她等了好多年，才有了國家的概念，又等了好多年，國家才發給她護照。

另一種靠譜的說法是，龍婆婆掌握了靈魂注入術，每到臨死前都把靈魂注入到早就選好的人形裏去。這個人形通常長得比龍婆婆親生的孩子還更像龍婆婆，會和臨死前的龍婆婆並行在這個世界待不到十五分鐘的時間，然後龍婆婆就自行死亡。

在這之後，龍婆婆的靈魂在人形裏啓動，讓這個人形具備龍婆婆在之前歲月裏領悟到的一切。每一代新的龍婆婆肉身還能給龍婆婆的靈魂注入新的領悟，這些新的領悟和原來的領悟將會再注入到下一代龍婆婆的肉身裏。最近這一代龍婆婆在龍青須姥爺的姥爺之後，成為最精通《九谷明言經》和《九谷隱言經》的人。

這兩部經典讓龍婆婆成為一個悲觀主義者，對人類徹底失望。她認為，作為整體，人類很快就會消亡，和恐龍以及猛獁象一樣。在這個加速衝向消亡的過程中，人類的個體如果要擁有巨大影響力，只能比醜、比賤、比沒有底線。所以她把研究領域轉向魔法和妖術，特別是西漢末年王莽傾一國之力發展出來的暗黑魔法。

用金繕好的似乎碎了無數次、補了無數次的耀州葵口盞，龍婆婆給龍青須倒了一杯茶，說：

「龍青須啊，你知道嘛，你做為最有錢的人，還能被一些自身的狀況困擾，黑暗力量還能被一些似乎微小的力量所制衡，這讓我深感欣慰，甚至看到了一些人類不會很快滅絕的微弱的希望。」

「您怎麼知道我被困擾了呢？」

龍青須一邊問，一邊獻給龍婆婆一串東漢古玉多寶串，串上依次排列六枚小小的白玉：翁仲、避邪、工字珮、司南珮、剛卯、嚴卯。

龍婆婆戴上老花鏡，仔細看剛卯和嚴卯上刻的字，嘮叨出聲音來：

「『正月剛卯既央。靈殳四方。赤青白黃。四色是當。帝令祝融。以教夔龍。庶役剛癉。莫我敢當。』嗯嗯，字口對，不是老仿老，到漢代，不容易。『疾日嚴卯，帝令夔化，慎爾周伏，化茲靈殳，既正既直，既觚既方，庶疫剛癉，莫我敢當。』這個字口不確定到代，但也一定早於元代，能湊一對，也是非常難得了，世界上已知的超不過三對兒。有了這個頂級多寶串，我對於王莽的暗黑魔法會有更深的了解。從這個角度看，你把它送給我也是對人類做出了貢獻。看來你是真心想請教我啊。你想想，龍青須，你沒有困擾，找我一個老巫婆做甚麼？」

「您怎麼知道我是被自身狀況困擾？」

「你是世界上最有錢的人，除了某些自身狀況，甚麼是用錢搞不定的？」

「龍婆婆，龍婆婆，我想明白了，我想讓美女都真心愛上我。做為一個男人，這才是真正能讓我快樂的事兒。為此，我願意失去我的財富。」

「從我現在掌握的魔力來看，我能幫你做到這一點。」

「只要您能讓美女都真心愛上我，您把我全部財富都轉移到您那兒都可以。」

「但是，我非常確定，我不會用魔力幫你做到這一點。」

「為甚麼？」

「因為這樣做會破壞人類從類人猿開始到今天五千五百萬年的進化，人類的審美系統會被徹底打亂，人類的滅亡必將會極度加速。你想想看啊，現在人類的道德系統已經被徹底打亂，已經沒有一定的是非了，沒有統一的善了，現在人類的造假能力又極大提高，真實已經變得比白色的老虎還稀缺了。就剩這點審美系統還在勉強拉住人類不要滑向生物的最底層，不要這麼快滅亡，不要毀掉這麼多年的進化。如果是個美女都愛上你，人類的審美系統就完蛋了，這比指鹿為馬的危害還大。我如果做了，我就是千古罪人，萬古罪人，億古罪人。」

「龍婆婆，龍婆婆，儘管您說的話似乎不好聽，但是我佩服您的坦誠。您認為世界上只有您的魔法能幫我完成這個心願嗎？」

「還有兩個人的魔法能做到。但是，如果你喚醒這兩個人中任何一個來做你這個事兒，人類在下一個百年來臨之前就會被毀滅。如果這樣，我就不讓你出普度寺的門。」

「您威脅我？」

「龍家人從來不威脅別人，只是陳述事實。我只是告訴你。」

「您的意思是，您不想幫我，也不讓我找別人幫我。讓我終生沒有愛，在二逼的孤獨中死去？再老、再醜，我也要相信愛情，我也要嫁給愛情！」

「不是。我能幫你，讓美女真心愛上你，而且你可以完全保留你的財富。」

「我在聽。」

「人類基因是個極其複雜的事物。你不必對它完全了解，但是你可以利用人類基因的特性，做一些常識性的操作，揚長避短，實現你的夢想。作為男人，你僅有的三個缺點是長得太醜、身材太差、雞巴太大，但是你有很多優點啊。比如，你記性好，你愛說話，你不緊張，你有幽默感，你聲音好聽。我建議你做一個脫口秀節目，對着鏡頭就說，想說甚麼就說甚麼。你是首富，你說甚麼都會有人愛聽。何況你還有才、幽默、聲音好聽。愛聽你聲音的人，慢慢會喜歡上你的腦子，慢慢會喜歡上你這個人，慢慢會接受你的外形。這些人裏，儘管少，一定會有人愛上你。這些愛上你的，儘管更少，一定會有美女。簡單說，不是魔法，是常識，告訴我，如果你的脫口秀火遍全世界，一定有美女會真心愛上你。你下面要做的工作就是，做個脫口秀，展現真我，花點錢或者不花錢讓這個脫口秀火遍世界，然後，想個辦法把真心愛你的美女找出來。」

7

長到二十一二歲的時候，楚大羽出落成一個珠圓玉潤、小鳥依人的美女，臉上常常帶着迷人的微笑。別人不知道她在笑甚麼。不像是簡單的形式，不像是討好任何男人或是女人，也不像是自己的志得意滿。他們仔細琢磨也想不出，就像想不出蒙娜麗莎的微笑是為了甚麼一樣。

楚大羽知道自己在笑甚麼。她要麼是還沉浸在上一次陰蒂飛行的快樂中，要麼是在期待馬上就要來臨的下一次陰蒂飛行。她盡快地不好不壞地應付完現世中的一切瑣事，包括最簡單的吃喝拉撒睡，反鎖上房門，進入美妙的陰蒂飛行模式。

這樣的日子久了，她在世間的一切都是平常得不能再平常。一般的學習成績，一般的外向或者一般的內向。偶爾交個男朋友，分手之後和在一起的時候一樣友好而平靜，包括沒上過床的和上過床的。那些上過床的總是有些失落，她的高潮似乎總和他們陰莖的抽送多少、兇狠與否、時間長短等等沒有任何關係，他們進得了她的陰道，似乎進不了她的心。但是在反鎖的房間裏，楚大羽有信心，她可能對世界上其他事物一無所知或者所知甚少，但是她知道關於陰蒂的一切。她知道人類知道的一切關於陰蒂的知識，她還知道陰蒂上至少三百六十五個人類不知道的穴位。

大學畢業之前，楚大羽的父母和她嚴肅地談了一次話，問她是否有某種程度的自閉症，問她畢業之後要做甚麼工作、職業規劃是甚麼，問她要找甚麼樣的男朋友，如果有合適的，他們會向她推薦。

楚大羽說了如下的話：

「親愛的爸爸、媽媽，其實，我沒有自閉，我只是愛我自己的身體。我很快樂，我有我自己的身體，有基本太陽、月亮、星星和風，我就能很快樂。我不想長大。人類小時候都可愛，怎麼稍稍長大之後就完全面目可憎了？我長到二十歲了，生命已經過了三、四分之一，我覺得我還像個孩子一樣。而且，我真覺得我不會活得很長。既然活不長也長不大，一直做個孩子也沒甚麼不好。生命短促，拚命玩耍。世間事，無非自娛自樂，您們說呢？親愛的爸爸、媽媽，你倆就放我不成材吧，把成材的任務交給其他人的那些喜歡張牙舞爪的孩子們吧。你倆放心，我能養活我自己，給我點時間，我很可能還能養活你倆。聽說國家鼓勵創業和創新，大眾創業，萬眾創新。我知道人類知道的一切關於陰蒂的知識，我還知道陰蒂上至少三百六十五個人類不知道的穴位，我會人類掌握的一切能讓陰蒂高潮的方法，我還會至少四十八種其他人類還沒掌握的讓陰蒂高潮的方法。我要創造一種新的職業。我就是這個職業裏第一個職業選手，我就是人類第一個職業陰蒂瑜伽師。我要總結並深化我的技法和修煉方法，我要開發輔助陰蒂高潮的各種工具，我要讓除了我之外的一百個、一千個、一萬個女性體會到無上快樂，我要讓她們長出翅膀，我要讓她們重新會飛。」

8

龍青須的脫口秀《首富說》在自家的視頻平台「你土」播出一年後，全球大熱，完全沒用錢買廣告砸，甚至沒用「你土」的推廣資源。相關核心團隊人員在私下說，在這個時代，就該老闆掙錢。哪怕老闆生下來一分錢都沒有，憑着他的腦袋和他的嘴，還是能變成大富豪。

從商人的角度，龍青須偶爾問過團隊，《首富說》這個節目為甚麼不和一些音頻平台合作，賣給他們，沒有額外成本，還能增加收入？

團隊給出的說法是，保持獨家，滋養自家平台。實際情況是，團隊試了一下和音頻平台合作，在一週之內，音頻的播放量就是視頻的兩倍，不想看龍青須外形的觀眾興高采烈地轉到了音頻方式。

在《首富說》播出兩年之後，他推出了一個“ONESS”APP，中文名「不二」，任何女人都可以免費下載，最終應用只有他一個人。

每週一次，他都在「不二」APP 上徵集陪他吃飯以及可能飯後上床的女人。每次選三個女人和他見面，真實面對他的臉、頭、身體。選擇的方式是：任何女人都要觀看《首富説》一百小時之後才能申請見面，關掉屏幕只聽音頻會被 APP 發現。每次申請，APP 都會通過手機攝像頭和人臉識別算法挑出顏值得分最高的三個姑娘，發出邀請。三個人都會被帶到密室，直接面對龍青須本人。

龍青須是動畫片《國王和小鳥》的超級粉絲，看過無數遍，密室就是按照國王的密室來設計的，也有按鈕和活動地板。不同的是，國王的密室裏，按鈕是國王隨意按的。龍青須的密室裏，按鈕是計算機控制的。

密室裝了世界上最先進的生物計算系統，三個姑娘站在活動地板上和龍青須聊十分鐘天，遍佈密室的生物傳感器一刻不停地收取姑娘以及龍青須的生理數據：體溫，心跳，面部變化，身體變化，甚至極小量的外激素的釋放、龍青須陰莖勃起的大小等等。每個姑娘至少三分鐘。三分鐘之後，她們和他的愛情值沒到這個生物計算系統計算的愛情閾值百分之八十的，按鈕就會自動按下，活動地板就會自動打開，人就會掉下去；愛情值超過愛情閾值的，姑娘就會和他共進晚餐，如果姑娘願意，飯後性交。超過愛情閾值百分之八十但是沒到百分之百的，龍青須才有權力自行選擇，按不按下按鈕。做為激勵，任何受邀進入密室的女人都獎勵一輛跑車，任何活動地板沒打開的女人都獎勵帝都核心區一套兩百平米的住宅。

不二APP運營一年之後，龍青須送出去了超過一百輛跑車，一套住宅都沒送出去。在這一年，帝都核心區的房子漲了百分之三十。

9

楚大羽站在密室的活動地板上已經八分鐘了。這之前六分鐘，已有另外兩個美女從活動地板上掉下去。

龍青須問：「今天是你第一次見我真人，你沒覺得我實在太醜了嗎？」

楚大羽說：「沒有。我反而感到你和其他人不一樣，我對於一般的人類一點興趣也沒有。我不覺得你沒法看，我想看你，就像自然界裏沒有沒法看的山和石頭一樣，你也不是沒法看。她們覺得你醜，是因為她們沒能力看到你的天然。」

龍青須接着問：「你看了我一百小時的視屏，印象最深刻的是甚麼？」

「甚麼印象都沒有。你說的，搜索引擎上都有，你的腦袋只是把它們整理了一下，然後用你的嘴興致勃勃地說出來。但是你不要生氣，我對於人類的事情或者人造的事情都不太關心。」

「那你為甚麼要看完一百小時？」

「開始是好奇，看看這個首富到底有多醜。後來就想，我不反感這個肉身，聽說這點並不常見。看完一百小時就能被邀請，被邀請就至少能有輛跑車，甚至能有套房子。我和你說，你是首富，你不知道，現在大眾創業，萬眾創新，很多父母的錢都給我們這麼大的畢業生創業用了。我父母沒錢，我又在創業，我需要錢。如果得輛車呢，我就賣了，租個房子。如果得套房子呢，我就搬進去。」

「為甚麼要搬離父母？」

「因為我是陰蒂瑜伽師，我的創業也是圍繞着陰蒂高潮。和父母住在一起，時間長了，有些聲音他們受不了。正常人類對於自己的身體太不在意了，背着一個快樂的源泉卻到處看抑鬱症。」

於是，楚大羽坐到地板上，開始給龍青須講她理解的陰蒂。龍青須的大臉和她挨得那麼近，她覺得龍青須藍黑色的胎記和她翅膀羽毛的顏色一模一樣。她解開他的褲子，陰莖已經脹得比他的腿還要長了。楚大羽把巨大的陰莖將就地當做陰蒂模型，一邊講一邊模擬，這樣可以講得更清楚。楚大羽還沒把平時用在陰蒂上的一半手法用在陰莖上，龍青須就在密室裏，就在楚大羽的手中有了有生以來最大的噴射。

10

後來，楚大羽和龍青須就幸福地生活在一起了。

黃昏料理人

1

「我的手藝要比師父更好。」

拜師的當夜，雪霏做了一個關於未來的夢，夢見自己的手藝比師父更好。他在夢裏笑出聲來，還大聲喊出了這句夢話。

雪霏被自己夢裏的笑聲和夢話聲驚醒。

醒來，四下寧靜。已經是後半夜了，月亮把床鋪刷得月白，抬頭望去，月亮比窗戶還大，佔據了四分之一的天空，圓圓的，像師父炸天婦羅的油鍋，上好的油倒進去，月黃，比黃月亮還透明，火猛燒，油溫上來，圓圓的油面上升起白色的煙氣，比月光還縹緲。

一陣靜寂之後，隔壁房間又響起悉悉索索的聲音。

房間小，和隔壁的距離短，木結構的牆不隔音，雪霏聽得非常清楚。

隔壁住着一對偷情人，男人在漁碼頭工作。每夜，雪霏下班之前，女人已經躲進男人的房間；每晨，雪霏上班之前，女人還不出來。儘管住得這麼近，住了這麼久，雪霏從來沒見過這個女人。雪霏熟悉的只是她的聲音。

除非喝得不省人事，通常，男人每晚都會操女人。他倆碰撞，肉和肉發出沉悶而清脆的聲音。聲音持續一段時間之後，她不由自主地小聲叫喊，全是沒有具體意思的喃喃，構不成句子，像小孩兒剛會說話時自言自語的那些誰也不聽誰也不懂的小孩兒話。雪霏聽不出女人是痛苦還是歡樂。男人操完，通常睡得很香，打呼嚕。後半夜，男人起夜，尿完尿，通常會再操一次。這次的時間比睡前的短很多，這次女人非常安靜，不叫，只有肉摩擦肉的悉悉索索的聲音。

估計雪霏的笑聲和夢話嚇到了他們。

等雪霏的房間沒了聲音，兩個人就又悉悉索索地操了起來。

雪霏在這悉悉索索的聲音中再次睡去。睡去之前，嘴裏唸了四個字：「技勝於師。」

2

晚乙女哲哉師父是藩國人盡皆知的「天婦羅之神」。

晚乙女哲哉師父十三歲開始學徒，拜他爸爸為師，到現在七十三歲。

持山居傳到他這輩，已經第六代，專門料理天婦羅。店的位置一直沒有變，就在進出藩城必經的路上，出了城門往南走，不到五百米路西，店門口一棵很大的柳樹。

持山居的格局也沒有變。

進門很小的玄關，玄關牆上一幅字：「持山為壽」。小桌上一支瓷瓶，瓶裏一枝花。瓷瓶，每天不同；花，每天不同。

從玄關進去，是店的主體。圍繞着一口炸鍋，是安排緊湊的操作區。圍繞着操作區，是一圈檜木吧台。沿着吧台十個座位，每餐最多招待十位客人，每個客人都能看到那口炸鍋。

炸鍋是第一代持山居家主置辦下的，當時花了普通人家一棟房子的錢。

炸鍋活得比歷代家主都久。四十年前，晚乙女哲哉開始執掌持山居，炸鍋傳到了他手裏。四十年來，他每天站在炸鍋前，感受到上五代家主留在鍋裏的氣息。不同的五雙手，在鐵鍋的不同部位，留下細微的劃痕。油熱，開始炸天婦羅，他在油鍋裏看到上五代家主的面容和身形，看到他們炸的天婦羅的相同和不同。他們就活在周圍，或者活在不遠處，經常會回來看看他，回來的頻率和他夢見他們的頻率類似。

晚乙女哲哉站在炸鍋前，距離吧台兩拃半。客人坐在座位上，距離吧台兩拃半，距離晚乙女哲哉三尺。多少代料理人反覆摸索出，這個距離，人和人之間最舒服。

炸鍋背後的牆上凹進半尺，沿牆形成了一個長長的龕，平行於地面，高度和客人坐下後眼睛的位置大致平齊。這個龕型空間，擺放着歷代持山居家主收集的古美術。碎玉、瓷器、琉璃、硯台、青銅、石雕佛像殘破的局部，每月換一次陳列，每月一個大致的主題，比如材質、年代、地域、禽鳥、瑞獸、團花、文房。

客人背後的屋外，是個很小的院子，草木繁盛。客人的眼睛掃過去，常常有看不到盡頭的綠的錯覺。

3

執掌持山居的四十年，每天卯初，晚乙女哲哉師父起床，去漁碼頭買海鮮；然後，去集市買蔬菜和調料；然後回到店裏，和徒弟們一起收拾食材。

午初，第一台開始，晚乙女哲哉師父做天婦羅料理。

未初，第二台開始，晚乙女哲哉師父做天婦羅料理。

申初，第二台結束，晚乙女哲哉師父到二樓睡一小下。二樓藏了持山居歷代家主收藏的古美術，剩下一點點地方，可容一個人身躺下。

申正，起床，晚乙女哲哉師父洗把臉，飛到五條街外的賭場，小賭三把。他飛的速度不快，但是真的是飛，腳跟比手指高，沿街的鄰居都是人證。鄰居裏有一位書法家，每天看到晚乙女哲哉師父飛向賭場的歡快場面，每天用毛筆和墨描繪那種感覺，最終寫出「雀躍」兩字，一舉成名。

賭博無論輸贏，酉初，晚乙女哲哉師父回到持山居，晚上第一台開始。

戌初，第二台開始。

亥初，第三台開始。

子初，散場，晚乙女哲哉師父換了便裝，在鏡子前仔細梳頭，戴上心愛的軟呢帽子，盡量帥一點，離開持山居。

天黑了。他天黑了不飛，小跑，到有婦女陪坐的居酒屋，喝茶，喝泉水。他酒精過敏，滴酒不沾，去居酒屋喝茶，喝水，給酒錢，給小費，和普通酒鬼們一樣。如果那天持山居的生意好，三把小賭輸得少，他就多喝幾杯，多給點小費。偶爾還轉場，再去另外一家居酒屋，再見另外一些婦女。

近十年，持山居的生意一直很好，小賭也輸不了多少，晚乙女哲哉師父每晚都喝不少杯，給一個婦女很多小費。

婦女叫早桐光，十四歲出道，長駐山下館，今年二十四歲，一直很美麗。

出道第一年，早桐光號稱本藩第一美；十年之後，還是。遠在江戶的藩主亦有耳聞，常常說回來見識一下。

遇到早桐光之後，晚乙女哲哉師父晚上不再轉場，長駐山下館。喝多，小便，回住處，沖個熱水澡，睡三四個小時。又到了卯初，起了床去漁碼頭，新的一天開始了。

每旬休息一天，每年新年休息三天。其他的每一天，無論天氣如何、身體如何、心情如何，晚乙女哲哉師父的四十年都是這麼過的。執掌持山居之前學徒的二十年，也是這麼過的，只是沒有花酒，小賭偶爾。

「站在柳樹下，戴着我心愛的軟呢帽子，料理着鮮活的魚兒，這樣的光景，日日似春日啊。」師父常常和雪霏這麼說。

雪霏聽多了，覺着他的確是在做一個挺有詩意的工作。

4

自從說服貪戀繁華生活的年少藩主長住江戶藩邸，在藩裏，首席家老井上有二逐漸確立了絕對的核心地位。恨他的人也越來越多。

當上首席家老第二年，井上有二開始嚴格執行以下治理原則：

第一，在藩城裏，所有人必須聽他的。不聽的，威逼、利誘、趕走、殺掉。

第二，在想像力所及的範圍內，可能和他競爭首席家老的人不能存在。任何潛在競爭者，趕走，或殺掉。

第三，企圖聯繫藩主或是其他外在力量改變藩城力量平衡的人，殺掉。

第四，幫助維持上述三項原則的人，給足容忍和好處——哪怕他們幹了很多又傻又壞的事兒。

第五，無論遇上甚麼情況，堅持上述四項基本原則。

其實，井上有二從來沒有總結過自己的五條統治原則。其他人也沒有總結過，只是越來越感覺到這五條原則。

5

家老門脅佑一喝了一口抹茶，嘴裏沒甚麼味道。

他嘆息了一聲。

手裏的唐物鈞窯手把杯，一條早年形成的深深的裂痕從口沿兒深入杯底，雖然沒有貫穿，雖然已經仔細金繕好了，還是讓人忍不住嘆息。太太已經習慣了他的嘆息，沒多問。

家老飲盡茶，反覆看着杯子的傷口，嘟囔道：「我不想走，也不想被殺掉啊。」

6

在第四代家主也就是晚乙女哲哉的爺爺手上，持山居變得世人皆知，在晚乙女哲哉師父手上，變成了傳説。

儘管是同一口炸鍋，和前五代家主不同，晚乙女哲哉嘗試過他能找到的一切可以炸的食材，甚至在多數料理人眼裏不是食材的食材，比如：很多種花、很多種蟲子、很多種蘑菇、很多種草藥。他還嘗試過各種搭配、各種油溫、各種擺盤的方式。

十年前，晚乙女哲哉師父炸盡全藩的物種，創立了「超理論派」，把天婦羅的菜單固定下來。終極菜單包括——

車海老、沙錐魚、魷魚、紫蘇葉包海膽、白魚、小香魚、銀寶魚、海鯰魚、雌鯒、鱈魚白子、星鰻。從炸蝦開始，到星鰻結束，每個季節，固定的食材七、八種，隨着四季的變化而變化的食材三、四種。初春，白魚；初夏，小香魚；晚秋，海鯰魚；冬天，白子。

儘管是油炸，一點都不膩，絕不會一咬一嘴油。食材被持續高溫的麵衣包裹，被蒸、被煮、被烤、被燻，蒸煮烤燻出的多種味道被麵衣鎖住；食材表面微縮水，味道濃縮，縮出來的水蒸發不走，反過來蒸、煮、燻、烤食材本身。

「這才叫原汁原味。」晚乙女哲哉師父如是説。

海鮮之間，穿插一些蔬菜，也是四季不同。春天，山野菜，比如香椿、老刺芽；秋天，野生菌，比如松茸、松露。點綴的花和調料，又是四季不同。春天是花山椒和紫蘇花；到了炎夏，備有特別的天婦羅醬汁，蓼草榨汁，配以昆布，出汁，加鹽，有點酸，微苦，口感清爽。

所謂「超理論派」，意思就是「天下物種，好吃就好」。晚乙女哲哉師父如是又説。

「超理論派」也放棄了刻意的擺盤，把新鮮炸出的天婦羅，隨意立在古董碟子上——「自然就是好看」，晚乙女哲哉師父如是再說。古董碟子都是世上獨一無二，客人失手碰壞，就金繕，繕的次數多了，痕跡像樹木枝條般繁複，像時間影像般若隱若現。偶爾，有客人會指着一條痕跡，說起某個晚上，吃了甚麼、喝了甚麼、聊了甚麼、碟子如何失手、破碎的聲音如何漸漸在持山居裏美麗地消失。

持山居的天婦羅價格貴，很貴。食客們列出了安慰自己的七大理由：

第一，又不是每天都吃。攢攢錢，三個月吃一次，還是可以接受。

第二，價格中三分之一是食材錢。這些食材如果自己去買，一定比晚乙女哲哉師父買的貴很多，還有可能買不到。即使買到了，家裏的油鍋也不夠熱，手藝就更別說了，怎麼也做不出晚乙女哲哉師父的味道。

第三，晚乙女哲哉師父已經七十三了，每次看他炸一個時辰天婦羅，內心就寧靜一個時辰。

第四，晚乙女哲哉師父也沒積攢甚麼錢財。三分之一花在食材上，三分之一花在員工和房屋上，三分之一花在古美術、賭博和早桐光上，實在沒甚麼積蓄。去持山居吃一頓飯，就算是對他的煙霞供養了。

第五，你不去，還有其他人去。你想去，還不一定訂上位。

第六，一段時間不去，會想吃，會很想吃。

第七，晚乙女哲哉師父敬業。父親去世時，他上午參加葬禮，晚上回來炸天婦羅。做包皮切割術的第二天下午，他回到持山居準備食材。他是怕我們這些食客等得太久啊！

晚乙女哲哉師父更願意把自己的流派稱為「今日流水派」。每一席天婦羅宴，都是一縷流水，一枚一枚天婦羅落肚，就像屋外不遠處的鵜川，經眼飄過。

「不是嗎？最令人傷感的是流水，最美的也是流水，最好的珍惜方式就是享受今日的流水啊！持山居每天的天婦羅，就像當天的美麗流水，向您流淌過來。」

7

自從做了井上有二的貼身侍衛長，鳥居龍藏戒掉了很多愛好和享受，既不再喝大酒，也不再喝花酒，只有一個習慣照舊保留——每月下旬第五天，雷打不動，坐在持山居吧台最靠裏的角落，吃一次晚乙女哲哉師父的天婦羅。

「如果我做天婦羅，我會成為晚乙女哲哉。如果晚乙女哲哉學武，他會成為我。我看他做天婦羅，我學到很多，我的武功精進了很多。」

他如是訓誡武館弟子。

8

藩城修葺工程在有條不紊地進行。

家老門脅佑一路過剛剛修好的大殿，看到周圍又搭起施工的架子，不顧腿腳不便，執意爬了上去。工人正在清理瓦縫裏的灰漿，原來，剛修好的屋頂又漏了，需要返工。清理出來的灰漿堆在一旁，顏色和門脅佑一熟悉的常用灰漿不同。

看到工人裏有個面孔眼熟的，門脅家老叫道：「權五，你不在田裏收稻子，跑到大殿頂上做甚麼？」

叫權五的男人停下手裏的活兒，一句話不說。

門脅家老派隨從去請丹玉中老。丹玉織秀是藩裏的中老，組織過幾個大型工程建設，三年前被幕府借調到江戶重修淺草寺，回藩後一直賦閒。

大殿前，門脅家老和丹玉中老面無表情，相互看了一眼，又看了一眼，再看了一眼，同時微微搖搖頭。家老示意中老，一起沿着鵜川方向走。

9

櫻花季即將過去，鵜川兩岸的櫻花樹枝影婆娑，紛繁的花瓣一半陷進泥土，一半貼在地面。鵜川不寬，水急，水聲喧嘩，家老和中老走在河邊，頭肩被花瓣遮披，話聲被水聲淹沒。

「你看到大殿的情況了吧？幾個月前還在種田的農民，現在修葺藩城最重要的建築。用的材料也完全不對，等級低了太多了。」

「在藩裏，花大錢的地方，都由井上家老安排人負責，這個大工程當然也是。因為還有大監察，大工程一定要滿足兩個條件。第一，造價不能貴，至少不能比以前貴。第二，不能不掙錢，否則沒有好處分給跑腿的官員。這些官員也是花了錢才當上的，需要收回成本，撈取利潤，還需要錢維護自己周圍的官員。於是，經手人買最便宜的原材料，找最便宜的施工隊，施工隊找最便宜的工人。人工、物料與預算之間的差價，就是各個環節可以安排的利益。」

「事情是一步步才走到今天這樣的，慣例是井上當了首席家老後形成的。表面看，一切正常，打開看，全爛了。」

「可是，各級官員都念井上家老的好處啊。他們掙到了大錢。」

「他們都怕井上。井上隨時可以有選擇地查這個系統中的任何一個人，查不出事兒的可能性為零。對於井上有二，這個體系裏的所有人，都是又愛又怕。他想幹甚麼就幹甚麼。」

「最慘的是藩主和百姓！這塊土地越來越不美好了！」丹玉織秀嘆息。

「我不想再等下去，也不能再等下去。再這麼下去，藩裏就沒有人能對井上有二做任何事情了。到那時候，只有等待天譴來收拾他了。但是，這個等待非常漫長。你知道嗎？某些人對這個世界最大的貢獻，就是早點死掉。你是對的，最可憐的是藩主和百姓。我們吃了這麼多年俸祿，也應該為藩主和百姓做些事兒了。你說，井上有二到底是甚麼人啊？拚命壓榨，壞了當下的人心。他們這一輩兒過去了，子孫呢？我們的子孫怎麼辦？他們為甚麼這麼恨這塊土地和未來的子孫，毀之唯恐不及？！」

丹玉織秀握緊拳頭：「我們早就在等您這個決心了。這樣隱忍地活着，還不如玉碎。」

可是，井上有二知道很多人恨他，把自己保護得很好，從來不讓無關的人靠近身邊，睡覺時也一樣；幾乎從來不離開官邸，幾乎沒有任何愛好。他的周圍隨時都有十個以上頂尖武士，侍衛長鳥居龍藏更是藩裏第一高手。

門脅佑一說：「過去幾年，我們的高手被趕走的被趕走，被殺的被殺。這樣的行動需要十幾個人，我們沒有那麼多武士可以信任。」

一枚花瓣落在袖上，丹玉織秀眼睛一亮：「每年櫻花落得最兇的那天，井上有二都會散步一個時辰，沿着鵜川櫻花最燦爛的一段。這一個時辰，他盡可能孤獨，他覺着比去任何寺庵都凝神。一年裏，只有這一個時辰，他的身邊沒有被護衛環繞。」

「可是，即使在這個時辰，鳥居龍藏也會在他看不到的地方遠遠跟着。」

鳥居龍藏是黑密宗派的創派宗師。開山立派之前，是大野短刀的第一高徒。整個藩裏，一對一，沒人能贏他，即使兩個頂尖高手的襲殺，勝算也是一半對一半。過去的十年承平，武士們沒事兒做，只能殺狗、殺雞、殺魚，練刀練膽。而鳥居龍藏成長的那些年，正逢亂世，藩閥攻戰，他的刀是從死屍堆裏實戰出來的。

「必須想個辦法，讓鳥居龍藏在那一個時辰裏消失。如果做不到，我們就在自尋死路。」

10

雪霏做了晚乙女哲哉師父十二年的學徒，學了十二年的手藝。

雪霏記得，第一天面試，他覺得師父長得很滑稽，笑起來，嘴部表情誇張，彷彿是從古畫上面直接走下來的，很和善，很陳舊，很遙遠。

雪霏問了一下持山居的工作性質。師父說，和其他料理店沒甚麼兩樣，就是要做得精細些，「因為要做得精細些，要辛苦，零用錢也多些。」

雪霏問了一下零用錢，不是多一些，而是多一倍。雪霏挺滿意：「如果您對我滿意，我可以馬上上班。」

「我這裏零用錢多，但是也會累啊。」

「我年輕，不怕累。也沒有女人，留着力氣也沒地方使。沒有女人，力氣留多了也是徒增煩惱。」

「你最喜歡這裏甚麼啊？」

「我喜歡聽油在天婦羅炸鍋裏的聲音。噼哩啪啦，好像雨水落在屋頂上。」

師父說：「那你就明天來上班吧。」

11

子夜，最後一場天婦羅結束，晚乙女哲哉師父覺得格外累，左胸前隱隱發緊。

「年歲大了，明天下午不去賭錢了，多睡一下啦。」

洗手，慢慢洗臉，精神好了些，對着鏡子，拿着梳子，仔細梳了頭，晚乙女哲哉師父往山下館走。儘管累，他還是想和早桐光坐一坐，喝杯水。昨天，早桐光告訴他，在京都的西陣訂做的和服送來了。他想坐在近距離，細細看看。

長時間站着準備食材、站着炸完天婦羅之後，他最喜歡坐在兩個地方。一個地方是持山居門口的大柳樹下，另一個地方是早桐光身體的左側。這兩個地方最讓他舒服，第二個地方給他更大的滋養。

距離山下館二十步，已經望見門口的燈籠，兩個武士攔住晚乙女哲哉師父：山下館今晚包場，閒人免進。

這樣的事情，還沒遇到過。

12

家老門脅佑一對早桐光說：「我需要你幫一個忙，整個藩國需要你幫一個忙。」

早桐光滿上一杯酒，遞給家老，正坐而答：「您需要我做的，我一定盡力。整個藩國需要我的，我很可能就做不到了。我只是一個小女子，和鵜川裏的魚，和山下館門口的楓樹一樣，沒有本質區別啊。」

門脅佑一早已聽過早桐光的艷名，今晚卻是第一次見。鼻子裏吸到的空氣似乎甜美很多，房間裏的光線似乎明麗很多，自己所有動作的節奏都慢了下來，每個動作似乎都在跳舞。

門脅佑一乾了杯子裏的酒，看着早桐光的眼睛，說：「我的人翻閱了藩裏幾家最好的居酒屋的記錄，也翻閱了你的陪酒記錄。你最勤奮，每天都工作。藩裏有兩個人，在你身上花的錢最多，一個來得次數少一點，一個幾乎天天來。一個亥正來，一個子初來。」

早桐光低下頭：「大人費心了。不用翻這麼多記錄，您直接問我就好。亥正，鳥居龍藏來，子初，晚乙女哲哉來。」

「你很坦誠。」

早桐光還是低着頭：「在智商這麼高的您面前，我越老實越好。」

「拜託你的事兒並不複雜。後天，鳥居龍藏來。他要走的時候，你多留他一杯酒的時間。他後天要走的時候，你說，等一下，我換一套西陣和服給你看，你是第一個看到我穿新和服的人。我已經把西陣的和服帶來了，很好看。」

早桐光還是低着頭。

「對你來說，這件事不難。其他的，都和你沒關係。你說了之後，他留不留，留多久，都和你沒關係。」

早桐光抬起頭：「大人，鳥居龍藏是我的衣食父母，人高馬大，我覺得他能帶我去最高的山、最遠的湖。至於其他，我並不了解。我在西陣訂做的和服也剛剛送到。抱歉啊，我不能答應您。您涉及的事兒，一定非常複雜，我的智慧理解不了，所以，我不參與。」

「我來了，開口和你談了，你就已經參與了。你已經知道得太多了。」

早桐光的頭還抬着：「大人，您是想讓我消失？那麼，鳥居龍藏後天來了，找不到我，他會怎麼想？」

「你說的有道理。但是你還是知道的太多了。」

早桐光低下頭：「大人們的事兒，我哪裏能搞明白。如果不是腦子不好使，只有七剎那的記憶，我怎麼會活到今天？雖然腦子不夠用，但我喜歡我自己，我也喜歡鳥居龍藏。我希望他好，至少不因為我而不好。至於其他，我會做好我自己的。大人如果不放心，我也沒辦法。我再陪您喝一杯吧，您實在是太辛苦了。」

13

雪霏跟晚乙女哲哉師父學徒十二年，師父沒讓他在正常營業時間碰過一次那口炸鍋。只有每旬休息的一天和每年休息的三天，雪霏可以用那口炸鍋，做點天婦羅便當，便宜地賣給平時吃不起的客人。

零用錢是其他店的一倍，工作時間卻是其他店的兩倍。雪霏沒抱怨一句，恨不能盡量壓縮睡眠時間，盡量在持山居裏多待半刻。雪霏反反覆覆從各個維度研究持山居的細節：食材、麵粉、油、溫度、時間、手法，每次能上炸鍋操作，就盡量模仿，有機會就和熟悉的客人印證。

「我和師父差在哪裏了？」雪霏一邊做便當，一邊問。

「你炸的蝦放到吸油紙上，啪啪兩聲響。你師父炸的蝦放到吸油紙上，啪啪啪三聲響。」等便當的客人隨口答道。

雪霏精心做了一個便當，送去給月經來了第二天的早桐光。

早桐光道了謝，趁熱吃了一口，問：「你師父病了？」

「你怎麼知道不是我師父做的？」

「我知道是你做的。你太着急，太體貼。你擔心我痛經，沒胃口，肚子餓，蝦還沒到最完美的時候，你就起鍋了。你是個心地善良的人。你太照顧其他東西了。在那口炸鍋前，除了做出最完美的天婦羅，你師父不想任何其他。包括其他人、其他事兒。包括他自己。包括我。」

「你說師父為啥來居酒屋啊？他又不喝酒。」

「喝酒可以在家喝啊，在持山居關起門來自己喝啊。為甚麼要到山下館找我喝水？」

「說得也有道理！我一直想不通，師父為甚麼把錢和時間花在你身上。你很美，但是天天看也就那樣了吧？」

早桐光笑了：「雪霏，你好可愛。你是不是常計算你師父在我身上浪費了多少個海老天婦羅掙的錢？」

雪霏臉紅。

「我的胴體和心神每天都在變化，和鵜川的水一樣。不一樣的是，鵜川兩岸每天開不出不同的花，我每次見你師父，都換一套新的和服，都和他聊點新的話題。從這點看，我比鵝川的流水和四季更豐富和美好。我的每天變化，也有很高的成本。我每天洗臉的水，都是從江戶運來，一點不比持山居的食材便宜。」

雪霏驚詫。

「不好色的男人成不了大師，因為不好色的男人體會不到極致的美、苦、孤獨、趣味和狂喜。雪霏，你要記住我這句話。」

雪霏眼神散漫。

「我再給你倒杯酒好不好？喝完回去幫你師父招待客人去，酉初那台的客人應該快到了。你師父滴酒不沾，真是一個遺憾。你師父好色，你好酒。如果又好酒又好色，你做的天婦羅就可能比你師父做的好吃了。如果在好酒的基礎上，你和你師父一樣乾淨、認真、持久地好色，你會技勝於師。」

14

聽着早桐光慢慢說着似乎含義複雜的話，雪霏的腦子沒有去思考。

雪霏的眼睛裏，早桐光還在痛經困擾中的胴體開始搖曳，彷彿花樹就要開放，彷彿她每多說一句話，他距離滿樹的花開就更近一點。

不用思考，他就知道她是對的。

不想思考，他想一直聽她說話，直到花開滿樹，再開滿樹。

走出山下居，雪霏深深吸了吸空氣。空氣裏都是櫻花和梨花混合在一起的味道。

15

家老門脅佑一說：「晚乙女哲哉師父，今日的流水天婦羅實在是太好吃了。我實在想不出，如何還能更好吃。」

晚乙女哲哉師父露出燦爛的笑容：「您平時太忙了，腦子裏裝着全藩的事兒。我今天找到了一種好食材，好幾年都沒見過了的，您要是能再多待片刻，我做給您嚐嚐。您吃過或許會認為，剛才吃過的天婦羅還是可以被超越。我很想在八十歲之前，再多試試更罕見的食材。」

門脅家老多待了一個時辰。吃完這枚新炸的天婦羅，他沉默了一刻鐘，回想天婦羅的味道，彷彿在聽一聲神奇的鳥叫在空氣中一寸寸消失。

家老問：「這是甚麼？」

「這是黑松露白子天婦羅。」

「在你這裏，我吃過這麼多年這麼多次，從來沒吃過這樣的美味。人間怎麼會有這樣的滋味？怎麼做的？」

晚乙女哲哉師父回答:「這枚天婦羅做起來麻煩，材料又貴。把白子切兩片，沾雞蛋黃，夾一片厚厚黑松露在當中，放兩刻鐘，黑松露的味道才能深入白子的肌理。料理時，麵糊比常用的厚三倍，油溫沸到一滴可以燙出銅錢大的疤。」

「為甚麼以前沒有？」

「因為黑松露要切厚片，合適的很少。食材成本高，提前準備至少兩刻鐘。客人如果不點，我就很麻煩，總不能自己吃掉吧，罪過罪過啊。所以，我極少做。」

家老又沉默了很久，說：「這枚天婦羅好吃到神畜合體，已經超越了語言表達的界限。明晚我的好朋友鳥居龍藏也會來你這裏，也請給他做一枚吧。他最近非常辛苦，他應該嚐嚐。錢算我的，我現在付賬。」

晚乙女哲哉師父的笑容更燦爛了：「不用您給錢。鳥居龍藏大人照顧我生意很久了，他很懂我。明天，我會給他做這枚天婦羅，他不應該錯過這種美味。錯過這次，下次不知道甚麼時候才有。」

16

鳥居龍藏吃完那枚超越語言形容能力的天婦羅的時候，首席家老井上有二緩步在鵝川左岸的櫻花樹下。

他非常享受這片刻超越語言形容能力的孤獨，無盡的大團大團櫻花瓣隨風落到地面的孤獨。儘管他知道，在某片看不見的樹葉上，或在某片稍厚的雲團裏，鳥居龍藏像鳥，像龍，尾隨着他，他依舊試圖把這一刻想像成空無一人，絕對孤獨。

鳥居龍藏起身告別晚乙女哲哉師父。夜色籠罩藩城和鵜川，風不大，持山居門口的大柳樹突然抖動得厲害。

從櫻花樹上、流水中，兩個人飛起，兩把刀同時刺入井上家老的身體。

17

井上有二遇刺，家老門脅佑一升任首席家老，中老丹玉織秀升任家老，重新主持藩城的修葺工作。他找來最好的工匠，不惜工本，希望修葺之後，藩城能再用上一百年。

井上有二遇刺當晚，鳥居龍藏剖腹自殺，用的是他最常用的短刀，沒費甚麼力氣，也沒多少痛苦，就像坐在鵜川畔櫻花樹下，等待試新衣的早桐光。

早桐光依舊留在山下館，只是再也不換新衣了，身上一直穿着最後一次見到鳥居龍藏時的那件和服。

晚乙女哲哉師父戒了賭博，每天下午一直睡，不再飛行，子初去居酒屋，開始喝酒，酒量竟然一點點變大，但是不再坐在早桐光身邊，而是坐在更年輕的小姑娘身邊。

每月的後半月，師父讓雪霏炸天婦羅，自己躲在二樓睡覺，睡美了或者睡忘了，晚上連居酒屋都不去了。

客人們漸漸有了共識，後半月的持山居更好吃。已經著名的書法家寫下四個字，送給雪霏：

技勝於師。

世間每種草木都美

1

楊能第一次遇上顧盈的時候，楊能的雞雞還沒長硬，一顆毛豆一樣安靜地埋在兩腿之間，看不出任何麻煩，顧盈的乳房也還極小，像男孩兒那樣赤裸上身在夏天屋外的空場裏納涼，不涉及任何羞恥心。

2

在北方，八九十年代很少有空調，夏天通常會有兩三週極熱，午夜之前，屋裏待不住人，人們在五六層板樓前的小空場前納涼，吹牛，交換最近的兇殺色情和各自對人生的看法。

這類聚會中，楊能記得，男人基本都赤裸上身，露出或大或小的肚子。人不太多，天光稍稍黯淡一些後，十歲以下和六十歲以上的女人也可以像男人一樣赤裸上身。坐久了，有些乳房巨大的大媽還會用一隻手撩起一隻乳房，另一隻手擎了蒲扇往乳房下搧風。搧了一陣之後，放下這一隻，再撩起另一隻，繼續搧風。

「肉貼肉太久，被汗浸了，太容易生痱子。原來上邊這兩坨肉是挺的，根本不會為肉貼肉擔心，年歲大了，就頹了，使勁兒往下出溜，草也一樣，樹木也一樣，老了，就不挺了。」

大媽看到楊能和月亮一起狐疑地站在一邊，偶爾會和他解釋解釋。

有些事兒，楊能完全記得，比如多年前某個夏夜的某個大媽的乳房。有些事兒，楊能完全不記得，比如五講四美三熱愛的順序，比如任何多於二十八個字的詩，比如唐宋元明清的起始年代，比如參加工作之後女友的先後順序，比如明白哪個人生道理早於哪個人生道理。楊能他媽總和楊能他爸説，楊能總是記得不必要記得的事兒，總是忘記應該記得的事兒。楊能説，生成這個樣子，我有甚麼辦法？

後來楊能去北大學了數學，一生二，二生三，三生無數，完全不需要記憶。再後來楊能去加州伯克利大學繼續學了數學，養了一條德國黑背犬插插。每天插插帶他去山上跑步，跑到他舌頭從嘴裏耷拉下來。

再後來，楊能畢業了，發現諾貝爾獎裏沒有數學，不懂英文的父母除了諾貝爾獎之外不知道任何其他獎，即使得了，也不會讓他們感到任何榮光。插插被診斷得了癌症，自己跳牆走了，再也沒回來。楊能扔了除了電腦之外的一切東西，包括插插牽他跑步的繩子，去了華爾街，進了頂尖的投資銀行。

在華爾街上，在窗戶很小的辦公室裏，楊能用最快的電腦，負責建立和維護股票日交易的數學模型。定好參數，定好算法，定好海量數據輸入的來源和抓取手段，不需要任何記憶能力，不需要和任何公司的任何管理者見面，數學模型就會告訴你，按照純理性分析，按照概率，你應該怎麼做。

楊能不負責最後買入還是賣出以及買入賣出數量多少的決定。他觀察，從稍大時間尺度上看，所有錯誤決定都是因為人不聽數學模型的，涉及的形容詞包括：僥倖、恐懼、貪婪、自私、狂妄。

隨着時間推移，楊能的數學模型越來越複雜，似乎有自己的身高和體重，身高和體重一直在快速增長。電腦快到一定量級之後，楊能徹底改變了算法，數學模型開始具有了學習和自我完善的功能。楊能的夢裏，數學模型常常和插插一起出現。每天早上開機，楊能也越來越有一種被數學模型牽着往山上跑的感覺。

如果楊能有權做一切決定，有足夠的錢和足夠的時間，楊能會設定幾個關鍵原則，讓數學模型自己觸發買入或者賣出的指令，幾乎百分之百的可能，這樣做，比人為控制的結果好。簡單說，在一些事兒上，特別是一些大事兒上，人不如猴子，最聰明的人是該像猴子一樣思考時，放棄人的思考習慣。根據楊能建議，在公司內部，這個數學模型的代號是 CHACHA。

插插才三歲，一個月前還到處追逐母狗呢，不從後面抱住母狗的腰不罷休，一個月後就被診斷為癌症，跑了之後，不知道飢寒病老於何處。楊能想，這是為甚麼啊？

楊能學醫的同學告訴他：「還有十幾歲的女生得卵巢癌呢。人或如草木禽獸，反之也是對的，草木禽獸也或如人。一切有情，都無罣礙。」

3

楊能和顧盈同歲同月，日子大幾天。

楊能第一次遇見顧盈，顧盈叫他楊能哥哥，然後一直跟着他，他跑，她跑，他走，她走，他看書，她看他。

「我去廁所。」

「我也去。」

「我去男廁所。」

「我也去男廁所。」

「我是男的，你是女的。」

「我也去男廁所，我還小。」

「你會站着撒尿嗎？」

「我會。我還會蹲着。男廁所裏也有可以蹲着的。我爸爸告訴過我。」

楊能的父母和顧盈的父母在旁邊笑，說，都一起去一個廁所了，長大了就在一起吧，都一起去一個廁所了，將來還能和別人在一起嗎？

4

楊能的爺爺和顧盈的爺爺是戰友，抗日戰爭和解放戰爭時分別帶兵殺人，1955 年第一次授勳時一起掛將星。楊能到華爾街之後，請過國內客人在洛克菲勒中心的川菜館吃 19.99 美金一條的豆瓣魚，客人喝大了之後，對楊能說，你知道嗎，你爺爺和顧盈的爺爺在職時，如果聯手鬧個兵變，無論成敗，百年後一定能被寫進史書。楊能笑笑說，那就沒我，也沒顧盈了。

楊能的奶奶和顧盈的奶奶都有一個中醫大師的父親，都渴望愛情、熱愛革命，半為逃婚半為革命理想，偷偷跑到延安。她倆的父親在解放前都死了，她倆的親戚都認為是被她倆氣死的。在缺醫少藥的戰爭年代，兩個奶奶靠着中醫技能隨軍救了不少人。楊能的奶奶認得上百種人參的好壞，顧盈的奶奶用連着皮掐肉代替針灸，常常把顧盈掐得手腳胳膊腿青紫，足少陰經、足陽明經、手少陰經、手陽明經等等八脈十二經被掐得一清二楚。但是顧盈從小不得病，頭髮黑密油順，皮膚白糯水滑。

傳說中有種小羊，兩斤肉放進鍋裏，不放一滴水，靠自己的水就能燉一鍋羊肉。楊能和顧盈一起上了同一個小學，同一個中學，楊能想，顧盈如果是羊，就是這種羊。

兩個奶奶的中醫手藝都沒傳下來，文革時不敢教，文革後，晚輩兒年紀都大了，過了最佳學徒期，沒人學。楊能說，我唐詩一首都不會背，怎麼背湯頭歌訣啊？再說，「大黃附子細辛湯，脅下寒凝疝痛方。冷積內結成實證，溫下寒實可復康」，奶奶啊，這雖然是用中文寫的，但是實在不像人話啊。兩個奶奶反鎖了房門，一起上手，把楊能按倒，不管他如何喊痛，沿着八脈十二經下狠手，死掐了一遍。

5

顧盈的奶奶在楊能十八歲生日的時候送給楊能一個中藥櫃子。

「清朝的，幾代中醫就傳下這麼一個東西了。黃花梨的。除了第一個抽屜，所有抽屜都空着。第一個抽屜裏有給你的一個方子，你四十歲之後開始，每年春天照着方子吃三十服，多活二十年。」

櫃子一米多高，敦實，古舊，烏亮，一側寫「存乎一心」，一側寫「遵古炮製」。正面橫六豎七，四十二個小抽屜，每個小抽屜正面一個小銅環，小銅環四邊各寫了一個中藥名。拉開小銅環，從前到後四個小隔斷。最下面一層三個大些的抽屜，每個大抽屜正面一個小銅環，小銅環左右兩邊各寫了一個中藥名。拉開小銅環，後面四個小隔斷呈田字形，前面一個長方形隔斷。整個櫃子裝滿，分裝一百八十一種中藥。

第一個小抽屜正面寫了三稜、山薑、木通、木棉花。拉開，一張手寫的方子，依稀寫着：柴胡、桂枝、乾薑、桃仁、五味子、蒲公英、生龍骨、杜仲、澤瀉、黃連、魚腥草等等，每種中藥標明了用量。

「謝謝奶奶。」

「謝啥？孫賊！」

楊能的奶奶給顧盈的是新婚禮物。奶奶給顧盈看楊能左肩上一顆紅點，當着楊能的面對顧盈說：「這是我幫你點的男子守宮砂。楊能這個孫子如果敢和別的姑娘睡覺，敢在別的姑娘裏面射，這個守宮砂就會消失。」

「這個守宮砂怎麼知道哪個身體是我的，哪個身體是別的姑娘的？」

「在這個世界上，有很多解釋不了的事兒，甚至經絡，甚至中藥間的不同作用。解釋不了，不等於不存在，不等於不靈驗。」

6

新婚之夜，酒席之後，酒吐之後，只剩楊能和顧盈兩個人，只剩一盞調到最暗的台燈。

楊能看着濃妝剛卸的顧盈，感覺異常陌生，不敢相信懷裏這個全部赤裸的女人是自己一月一月一年一年一眼一眼一念一念看着發育長大的。楊能彷彿多年沒照鏡子，突然有一天看到鏡子裏的自己，一時叫不上他的名字。

「別看了，和其他女生不一樣嗎？」

「沒看過其他女生的。」

楊能眼睛從顧盈的雙乳上移開，投向虛空。他是真的記不得是否看過其他女生的了。

「現在這對兒，和我以前的一樣嗎？」

「我上次看到你光着上身是二十多年前了，怎麼會一樣？」

楊能回答。顧盈笑。

「你見過其他男生的雞雞嗎？比我的大很多吧？」楊能問。

「說甚麼呢？我沒見過其他男生的。所以，你是最大的，必然你是最大的。其他男生的和我有甚麼關係呢？」

「現在的，和我以前一樣嗎？」

「我當時根本就沒注意，誰像你們男生啊，那麼小的女生都不放過，死盯着人家上身看。」顧盈嗔怒。

「我知道了，一定是那時太小，否則你一定會注意到。」楊能笑。

「對我有甚麼要求？」顧盈問楊能。

「別碰我手機，別碰我電腦，別碰你奶奶給我的中藥櫃子。」

「好，中藥櫃子放你書房，你書房上鎖，我絕不進去。」

「謝謝。你對我有甚麼要求？」

「睡別的姑娘要戴套子。」

「我要是那麼做，你爺爺會一槍打死我。」

「我爺爺、你爺爺、我奶奶、你奶奶，都已經死了。」

「好，我不會的，我答應你。」

顧盈流了很多血，楊能跪在床上，看着自己匕首一樣帶血的下體，感覺自己像個殺手。

楊能問顧盈，要去醫院急診嗎？顧盈笑了，說，你不學中醫也不該一點西醫常識都沒有吧？去了醫院，你讓醫生怎麼處理啊？再縫上？沒事，我血小板不少，很快會止血的。

第二年，他們生了一對龍鳳胎，男孩兒像顧盈，叫楊共，女孩兒像楊能，叫楊青，相似度百分之九十。見到客人，楊能介紹，這是我們女兒，這是我們兒子，客人都笑，不用介紹不用介紹，錯不了錯不了。

顧盈和楊能商量，還想抓緊生第三個。無論男女，都叫楊團，湊足「共青團」。這是楊能父母的主意。他們倆一起做團工作的時候，萌生了愛意，「那是一個寒冷的春天」，他們倆每每想起，每每覺得非常美好。

7

周小梧終於一屁股坐進楊能懷裏。

在那一瞬間，楊能感到巨大的無聊感轟然而至，大過周小梧的屁股，沉過周小梧的屁股，甚至大過這間酒店的房間，沉過房間的天花板。

十五天以前，在北京飛深圳的飛機上，楊能有意識地看周小梧第一眼，楊能覺得周小梧長得真年輕。楊能是被周小梧搖晃醒的：「醒醒，楊先生，醒醒，楊先生，醒醒，深圳到了。」

楊能睜開眼，機艙裏白色的燈光耀眼，周小梧的眼睛巨大。周圍人都走空了。楊能回國之後，繼續做投行，但是從後台走到前台，開始做一級市場，不得不見客戶，每年飛十萬公里以上。每次坐飛機，楊能都爭取坐商務艙最後一排靠窗的位置。沒有手機信號，沒人進出打擾，要兩條毛毯、脱鞋，一覺兒睡到飛機摔到目的地機場的跑道上，一切安穩，彷彿重回子宮。

楊能說：「真快啊，飛機就是比火車快。」

「楊先生，您是我見過的最能睡的男人。」

「你以前見過我？」

「今年是第三次了。每次您都是從頭睡到尾，飛機還沒開您就睡了，飛機落地之後還不醒。前兩次您也都坐商務艙。第一次見您，其實也是我把您喊醒的。那次把我嚇壞了，從紐約飛北京，您不吃不喝不上洗手間，生生睡了十幾個鐘頭，我來回過了幾次，您睡覺的姿勢都沒怎麼變。我們幾個乘務組的一直嘀咕，想知道您是安眠藥過量還是吸毒過量，會不會出現緊急情況，如果出現緊急情況，迫降到甚麼地方等等。第二次見您，也是北京飛深圳，我同事叫醒您的，我聽見她說『到總站了，到總站了，都下車了，都下車了』，我笑死了。見過睡覺香的，沒見過睡得這麼香的。您很治癒系的，上兩次見您之後，我睡得都特別香。估計今天見過您，今晚又能好好睡一覺兒了。」

「你們今晚睡深圳？」

「是。您甚麼時候回北京？」

「回北京也遇不上你。」

「是。我們大倒班，您反覆坐很多次同一個航班也不一定能遇上同一個乘務員兩次。」

「所以我們碰上那麼多次還挺巧的。」

「或者是您飛太多了。」

「也可能。方便留給我一個手機號嗎？這樣不用坐很多次航班也可能再見到你了。」

「這個不用了吧？從來沒給人留過哎。」

「好的，隨你，周小梧。」

楊能辦完酒店入住手續後，進了房間，打開窗簾。深圳像十幾年前一樣，晚上十一二點，還是燈火輝煌，還是一堆堆男女在街上遊蕩，不知道在做甚麼，不知道要去做甚麼。拉桿箱上面套着的公文包裏，不知道甚麼時候被塞了兩張卡片，中日韓俄蒙多國佳麗、白領學生家庭主婦各種職業婦女等待召喚，可快餐，可留宿，包出水兩次，手機多少，找陳生、崔生等等。楊能完全沒意識到被人塞卡片，快速查了查，公文包裏沒丢甚麼東西，也沒被刀劃開口子。

楊能很快沖了一個澡，給顧盈打個電話，告訴她，平安到了，又問了問孩子，孩子都睡了。

睡覺之前，楊能忽然想起下飛機時，周小梧向他揮手，兩條小腿白白地在夜空中。楊能在電腦裏挑了個毛片，自摸了五分鐘，出水一次。

第二天，利用中午飯後的十幾分鐘，楊能打了幾個電話，查到周小梧的手機，安排了三家業務遍全國的鮮花速遞公司，每家五天，一共十五天，給周小梧送花。不管她在何地，必須送到。

楊能被自己的快速而決絕的安排嚇到了，他不知道自己為甚麼會做這些事兒，也不知道這些事兒做了之後會有甚麼後果。他隱隱約約覺得自己在被自己的雞雞驅動，雞雞不動聲色地和自己腦海裏某個部位狼狽為奸，幹出讓自己吃驚的事兒。楊能想起奶奶小時候帶他去看自然博物館，在一副恐龍骨架下面，聽講解員説，恐龍有兩個腦袋，一個在頭顱裏，另一個在襠下兩腿之間。那時候，楊能不理解，現在，楊能懷疑，人就是縮小版的恐龍，也有一個腦袋在襠下兩腿之間，只是具體位置沒有明確，和所有的經絡一樣。

十五天之後，楊能發給周小梧一個短信：「喜歡嗎？楊能睡。」

電話打過來，周小梧說：「如果準點，我晚上八點十分落北京，接我。」

周小梧坐在楊能懷裏，楊能坐在酒店的沙發裏，周小梧覺得楊能比世界上所有的沙發都舒服多了。楊能下面是沙發，沙發上面是周小梧，楊能覺得如果周小梧不是坐在他懷裏而是坐在旁邊的沙發裏，他會舒服很多。

周小梧從楊能懷裏跳出來：「我去沖個澡，一身飛機餐的味道，怕你不喜歡。」

楊能聽着洗手間裏水打在周小梧身體上的聲音，想像水珠和浴液從周小梧的小腿上滑下來，在自己的雞雞硬起來之前，衝出房間，在酒店門口跳上一輛剛落客的計程車，關了手機，往遠離酒店的夜裏開去。

8

楊能在毫無計劃的情況下三週連續三次碰到蘭雪，楊能覺得需要主動和蘭雪認識一下了。

第一次見蘭雪是在從北京飛香港的飛機上。楊能的習慣是從不託運行李，所以通常都爭取早些上飛機，行李架有足夠的空間放自己的拉桿箱。根據楊能的統計，他五次託運行李，三次丟，最慘的一次是去古巴度假，行李晚了三天才到。假期一共只有五天。

蘭雪是最後一個上飛機的，帶着一個很小很花的山羊皮 Kelly 包，帶着很濃很衝的茅台酒氣。蘭雪坐在緊靠楊能右手的位子，向服務員要了兩個毯子，下半身蓋一個，上半身蓋一個，很快睡着了，嘴半張着，發出幾乎察覺不到的鼾聲。這是楊能在超過兩百萬公里的飛行生涯中見過的唯一比自己入睡還快的人。

在家裏，楊能上廁所的時候偶爾也翻翻顧盈的女性時尚雜誌，好處是完全不用動腦子，不會誘發便秘。根據楊能對女性時尚雜誌依稀的記憶，根據蘭雪上下半身還露在外邊的部份，楊能認定蘭雪是在按照時尚雜誌的指點裝備自己：墨鏡、包包、鞋子、香水、佩飾、珠寶，各種牌子，各種最近的款式。臉兒尖，鼻子挺，頭髮直、濃、黑，直濃黑地順到肩胛骨下沿兒，在毯子裏翻了幾次身，還是一絲不亂。

楊能拿出手機，想趁着蘭雪睡着，偷拍幾張。手機剛剛打開，空姐過來，厲聲呵止，「先生請完全關閉手機，包括飛行模式的手機，這是規定！」蘭雪被吵醒，看了空姐一眼，看了楊能一眼，打開毯子，衝去洗手間。蘭雪回來，楊能起身，讓蘭雪過去，自己索性去趟洗手間。洗手間裏，有蘭雪的香水和嘔吐物混合的味道，楊能聞了聞，又聞了聞，試圖記住。

楊能隔了五天又一次見到蘭雪，在某個寫字樓裏的體檢中心，楊能排 167 號，蘭雪排 166 號。蘭雪也換了粉色的檢查服，完全沒化妝，膚色比檢查服更粉紅，還是沒睡醒的樣子，還是直濃黑順的頭髮，中分之後，分兩股，垂蓋在胸前。

楊能被抽血的時候忽然變得異常脆弱，護士小姐厲聲呵斥：「您不能再躲了，越躲越痛，多大了啊，扎針還躲？」楊能一咬牙、一閉眼，再睜開，黑紅的血已經在針管裏了。他覺得蘭雪在看他，儘管他知道，這基本不可能。

每個人自己拿着自己的檢查單子，楊能偷看了看，看到蘭雪的名字。

兩週之後，楊能在 M Minus 酒吧第三次遇見蘭雪。蘭雪在楊能隔壁桌，周圍有很多人。他們的談論涉及電影和電視劇拍攝，她不是談話的中心，她已經醉了，像那天在飛機上一樣，斜躺在沙發一角。每過十來分鐘，她就掙扎着爬起來，掙扎着大笑，掙扎着和人碰杯，一飲而盡，然後再倒下。

楊能的朋友很快散了，楊能讓他們先走，自己再坐一會兒，喝完一整瓶 KAWASAKI 18 年威士忌剩下一點點的根兒。「福根兒不可能浪費。」楊能對朋友們說。

蘭雪的朋友們終於也散了，他們也都喝多了。兩三個人試圖叫醒蘭雪，沒成功。蘭雪沒抬臉，說，「我沒事」。朋友們也就散了。蘭雪開始一個人吐，白白黃黃地鋪了半個茶几。

楊能衝過去：「你不能再喝了。」

「我沒事。我不要你管。」

「你怎麼回住處？有沒有人接你？」

「我有司機。」

「你司機電話？」

「他一定就在樓下了，你幫我下樓，他就會在門口。」

「好。你的電話號碼？」

「我為甚麼要給你？就因為最近我們偶遇比較多？你個偷拍狂，你個怕扎針的小屁孩兒，哭一個給姐瞧瞧。」

「你記得？」

「你這麼高高大大，我記得。」

「告訴我手機號。你平安回住處後，通個電話，我好放心。」

「好，看在你把我扛到樓下的情誼，我告訴你，我只說一遍，你能記住就記住，記不住就算了。我也在北京混那麼久了，如果死，早就死了。號碼是：18001××××××。」

司機打開後座門，楊能讓蘭雪的頭先進去，然後屁股，然後漫長的腿。楊能扛蘭雪的過程中，蘭雪的頭髮一直時斷時續地拍砸在楊能的胳膊上，沉重、尖銳、冰涼，似乎和護士抽血的針頭進入胳膊的時候一樣。

三十分鐘後，楊能撥通記憶中的號碼，響了四聲，蘭雪說：

「你來我這兒吧。路上我一邊吐一邊做了個決定，今晚，誰先電我，就是誰最在乎我，我就問他願意不願意來我這裏，看我醉酒的醜樣子。剛決定，你的電話就進來了。」

雞雞戴着套子進入蘭雪的一瞬間，楊能感到空無一物。楊能想起幾年前的冬天在波士頓朋友家過新年，雪大如扇，他一個人推門出去，站在巨大的院子裏，空無一人。巨大的院子外面是更加巨大的城鎮，了無一物。

「蘭雪，你醉了，我先回去，我們再聯繫。」楊能沒摘套子就拎上褲子，沒等蘭雪發聲，已經從房間裏消失。

第二天上午，楊能去營業廳註銷了之前一直用的 138 開頭的中移動號碼，正式啓用聯通的 186 號碼。楊能發了上百個短信，告知親朋和商業夥伴，名單裏沒有蘭雪。

9

楊能推了晚飯後的第二場酒，回到酒店，換了跑步鞋，去健身房，阻力系數調到十五，惡狠狠地走了一個小時的橢圓機，全身都是汗，雞雞縮得很小，被汗水泡着。

「能不能天天用健身的方式耗盡能量，不再想泡姑娘？」楊能邊走邊想。

「似乎不是一種能量，而且似乎健身越多，身體越強，心裏越想泡姑娘。」楊能很快自己否定了自己。

回到房間，楊能脫光，去沖澡，雞雞沾了熱水，一瞬間活了過來，迫擊炮一樣四十五度角仰望星空，然後就聽見了巨大的敲門聲。

楊能每年在酒店裏睡的天數遠遠超過在家裏，長期的酒店生活讓他養成了一些很好的習慣，比如，反鎖房門。楊能的一個女同事曾經被兩個醉漢夜裏兩點闖入房間，幾乎被輪姦，之後監控錄像顯示這兩個人是拿房卡開的門，女同事告酒店失職，酒店反咬說女同事自己把房卡給了那兩個男人，有暗娼之嫌——如果反鎖了房門，就可以避免發生這種事情。

敲門聲越來越大。

楊能披了浴袍，從門鏡看門外。楊能看到了徐瑪瑙，徐瑪瑙的嘴形發出三個字：「快開門。」

楊能很快開了門。

楊能見到了更真切的徐瑪瑙，更真切的漂亮。

楊能知道自己不認識徐瑪瑙，知道她一定不是來找他的，很可能是某個人招的職業婦女，而這個職業婦女記錯房間號了。但是楊能還是開了門。徐瑪瑙實在太漂亮了，從門鏡裏看了一眼，楊能察覺到自己的臉竟然紅了。徐瑪瑙進來後，楊能好好看了幾眼，無懈可擊，就是楊能心裏的完美女人，楊能的腳趾頭都紅了。

徐瑪瑙進屋之後徑直坐到沙發上，開始打電話：

「趙哥，太過分了，我真不幹了，我再也不幹了，他是佛祖我也不幹了。我知道，我沒資格挑，但是，我不幹了，我以後甚麼也不幹了。我有手有腳，還有些積蓄，我，不，幹，了。他長得太難看了，太醜了。我的確是陪人睡的，但是睡我的起碼也得是個人啊！他再重要，再有權，再有錢，我也受不了了，他在我下面吃我的時候，真的，我真吐在他禿頭上了。早飯都吐出來了。然後這個變態，理都沒理，就插我，插了三下就射了。我一直在吐，都沒停。我，不，幹，了。趙哥，以後你別打我電話了。我會換號碼。我會嘴嚴。你也別動邪念頭。我設定了郵箱自動發送，我每週往後手工調一次，將發送日期延長到下一週，如果我出了人身意外，五十個人會接到我的郵件，裏面有非常詳細的附件。別怪我，這是我的自我保護。你對我很好，你給我的錢越來越多，你讓我接的人越來越老、越來越有錢，但是也越來越不像人了。你說這個世界怎麼了，比的都是賤、醜、不要臉。還有，剛才有人跟着我，我說不好是他自己的人還是別的甚麼人。你安排把過去三十分鐘的酒店監控錄像刪了吧。趙哥，不要再打我手機了，我掛了電話之後就把這個手機扔了。你就當我死了，再去找下一個徐瑪瑙代替我這個徐瑪瑙吧。我，不，幹，了。」

掛了電話，徐瑪瑙取出 SIM 卡，用抽屜裏的剪刀剪了，扔進垃圾筒，手機扔進手包裏，看着白色浴袍裏紅色的木木的楊能，點了一支煙，一口一口抽完，捻滅煙頭，對楊能說：「讓我肏肏你。」

楊能繼續木着。徐瑪瑙推倒楊能，撩開他的白色浴袍，露出楊能軟軟的紅色雞雞。徐瑪瑙俯下身子，用嘴叼了，幾下舔硬了，一屁股坐了上去。

楊能腦子一片空白，他甚至不知道甚麼時候射的、怎麼射的。在徐瑪瑙離開很久之後，楊能還是動也不能動，彷彿一個燥熱的下午被夢魘壓住身體。楊能看了看左肩上的守宮砂，沒有絲毫改變，暗紅，發亮。楊能看了看躺倒在陰毛叢中的雞雞，龜頭上有極小一片韭菜，隱隱聞到徐瑪瑙的嘔吐味道。楊能想，早上或者中午，徐瑪瑙主食吃的不是煎韭菜餃子就是煎韭菜包子。

10

楊能在自己家的床上醒來。顧盈不見了，床上沒有，臥房沒有，樓上樓下都沒有，楊共和楊青兩個小孩兒也不見了。

餐桌上，顧盈留了楊能平常吃的早飯和一張條子：「楊能，守宮砂沒了，你不要找我和孩子了，我帶他們走了。律師會找你的。真可惜，你爺爺和我爺爺都不在了，否則他們會一槍崩了你。」

11

楊能和徐瑪瑙做了三次，做到天微微亮，一床都是汗水，兩個肉體死魚一樣漂浮在汗水的湖面上。

楊能在睡死去之前，對徐瑪瑙說：「一把鑰匙一把鎖。我曾經深深厭惡自己，為甚麼會如此熱愛婦女，為甚麼會如此獸性。我也曾經為自己開脱，就像一個偷竊癖，我也是一種癖，戀女癖，也是一種病，和癌症病人一樣，不應該被唾棄，而是應該被同情。你讓我知道，我錯了，我很正常，我只是沒有遇對人。婚姻是每天不得不肏那一個婦女，愛情是每天都想去肏那一個婦女。我又相信愛情了，我愛你，我想天天肏你，直到雞雞腐朽之時。」

12

楊能被太陽照醒。徐瑪瑙不見了，床上沒有，臥房沒有，樓上樓下都沒有。

楊能衝到書房，中藥櫃子的抽屜都被打開了。寫着「川斷、巴吉、東查、穿心蓮」的抽屜，裏面有周小梧的幾張照片、送花的發票。寫着「蘆根、冰片、沉香、牛大力」的抽屜，裏面有蘭雪的幾張照片、一個頭髮皮筋兒、一個打開了的避孕套。

最底下一層最靠右邊寫了「香附、紫蘇」的抽屜，徐瑪瑙留下兩個紙條。

一個紙條寫着：「楊能，能啊，挺能睡啊，四十幾個啊，一個姑娘一個抽屜，行啊你。我要的是唯一。我害怕，你給不了我要的。」

另一個紙條是首短詩：

世間每種草木都美

人不是

中藥很苦

你也是

書　　名　搜神記
作　　者　馮　唐
責任編輯　孫立川
美術編輯　郭志民
封面相片　depositphotos.com
出　　版　天地圖書有限公司
香港皇后大道東109-115號
智群商業中心15字樓（總寫字樓）
電話：2528 3671　傳真：2865 2609
香港灣仔莊士敦道30號地庫／1樓（門市部）
電話：2865 0708　傳真：2861 1541
印　　刷　亨泰印刷有限公司
柴灣利眾街德景工業大廈10字樓
電話：2896 3687　傳真：2558 1902
發　　行　香港聯合書刊物流有限公司
香港新界大埔汀麗路36號中華商務印刷大廈3字樓
電話：2150 2100　傳真：2407 3062
出版日期　2017年7月初版／11月第二版・香港

ISBN ： 978-988-8258-02-4